Norbert Wickbold
Denkzettel

Norbert Wickbold

Denkzettel

Die fünfte Staffel

1. Auflage
Copyright © 2019 by Norbert Wickbold
Layout, Umschlaggestaltung und Illustration: Norbert Wickbold
Korrektorin: Irene Wickbold
Verlag: tredition GmbH, Hamburg

ISBN: 978-7439-2824-4 (Paperback)
ISBN: 978-7439-2825-1 (Hardcover)
ISBN: 978-7439-2826-8 (e-Book)

*Bibliografische Information der Deutschen Nationalbibliothek:
Die Deutsche Nationalbibliothek verzeichnet diese Publikation in der Deutschen Nationalbibliografie; detaillierte bibliografische Daten sind im Internet über http://dnb.d-nb.de abrufbar.*

Inhalt

Vorwort

Diese fünfte Ausgabe der *Denkzettel* stellt das *Ich* in den Mittelpunkt der Betrachtung. Oftmals sind es Formen des *Ich-bin*, mit denen wir uns identifizieren. Vielleicht ist Ihnen das gar nicht bewusst. Was denken Sie von sich selbst? Wer glauben Sie zu sein? Wer wollen Sie sein? Hier habe ich zehn verschiedene Formen des Selbstverständnisses gedanklich beleuchtet. In den meisten Fällen habe ich eigene Erfahrungen einfließen lassen. Dennoch werden Sie hier sicher etwas von Ihrer eigenen Selbstidentifizierung wiederfinden.

Den Anfang machen meine ersten eigenen gedanklichen Gehversuche, die zugegebenermaßen noch recht abenteuerlich daher kamen. Immerhin mündeten sie in der Erkenntnis, dass es passieren kann, so zu werden, wie man denkt, wenn man nicht rechtzeitig umdenkt und doch noch ganz anders wird.

Mit den Gefühlen hing es zusammen, dass erst die Schlager und später die Kochsendungen groß rauskamen. Ja gerade aus den Kreisen derer, die so lange gefühlsmäßig völlig abstinent lebten, tönt uns heute die Erkenntnis entgegen: Ich fühle, also bin ich! Für sie ist es eine Revolution, für uns eine altbekannte Tatsache. Wir sollten uns die neue Gefühlsfreiheit von denen, die ihr Gefühlsleben nicht im Griff haben, nicht wieder aus der Hand nehmen lassen!

Muss man eigentlich immer wissen, was man will? Darf man nicht auch mal nichts wollen? Oder muss man immer mit dem Kopf durch die Wand wollen und sich dann wundern, wenn man dabei nur gegen die Wand läuft? Manche wollen sogar erst eine dicke Mauer bauen, um sich daran die Hörner abstoßen zu können. Es kann passieren, dass erst der letzte Wille wahr wird.

In einer Welt, in der die alten Sicherheiten nicht mehr tragen, macht sich ein allgemeines Unbehagen breit. Man leidet, aber man weiß nicht warum oder woran. Und manche Menschen scheinen sich selbst allein über ihr Leiden zu definieren. Da passt das gar nicht ins Konzept, wenn dann so viele andere wirklich leiden müssen. Wer ist den wirklich der Leidtragende?

Alle, die im Leben etwas leisten, erfahren hier ganz nebenbei, wie die Arbeit in die Welt kam. Dazu muss man tatsächlich bei Adam und Eva anfangen. Und die Arbeit trägt bis heute Früchte.

Wenn Sie hoch hinaus wollen, bekommen Sie es mit Leitern zu tun, die hier ein bisschen zum Teekesselchen geraten. Die Leiter und der Leiter. Bei beiden geht der Weg im Allgemeinen nach oben. Dennoch ist es gut, im Bewusstsein zu behalten, dass man durchaus auch ganz schnell wieder abstürzen kann. Auch die Karriereleiter!

Wer zu den sogenannten Bücherwürmern zählt und für den Lesen zur Lebenseinstellung geworden ist, wird überrascht sein, dass Lesen nicht nur schlaumachen kann. All denen, die gerne und gleichzeitig auch was Gutes lesen, wird die Behauptung gefallen: Lesen gefährdet die Dummheit. Doch passen Sie auf, denn es kann auch ganz anders kommen!

Auch wenn uns bei all den erschreckenden Nachrichten nicht immer zum Lachen zu Mute ist, plädiere ich dafür, das Lachen zu kultivieren. Da ist es schon besser, wenn man auch am Schluss noch lachen kann. Es ist schon viel zu vielen Menschen das Lachen vergangen. Ich lache, also bin ich, wäre eine echte Alternative. Verändern wir lachend die Welt!

Und natürlich die Liebe! Die Liebe hat uns der liebe Gott beschert. Aber warum hat er uns dafür aus dem Paradies vertrieben? Das ist schon ein altes Lied. Wenn auch die Liebe ein seltsames Spiel ist, so führt sie uns doch immer wieder auf unser Menschsein zurück.

Wäre es nicht auch eine Möglichkeit, sich mit dem Leben zu identifizieren, solange es nicht nur Frust bedeutet, sondern einfach eine Lust ist? Dann lässt es sich ewig aushalten. Denn das Leben soll doch auch Spaß machen! Lustvoll lässt sich's lange leben, aber leidvoll mag man nicht lange leben. Ja und gibt es das Leben schlechthin oder sollte nicht jeder sein eigenes Leben führen? Dann lässt sich's doch leben.

Sicher finden Sie in diesem Buch reichlich Anregungen zur eigenen Identifikation. Und nun wünsche ich Ihnen, liebe Leserin und lieber Leser viel Spaß beim Lesen

Ihr

Norbert Wickbold

Ich denke, also bin ICH?

Ist es verkehrt, wenn man sich etwas denkt?

Heilkunst und Farbenpracht©

Norbert Wickbold
Denkzettel Nr. 41

Ich denke, also bin ich?

Ist es verkehrt, wenn man sich etwas denkt?

Manchmal geschieht es mir. Ja, es geschieht mir einfach, dass ich an etwas denke, von dem ich bisher glaubte, ich hätte es längst vergessen. Und das, obwohl ich ohne die Begebenheiten, an die ich dann denke, wahrscheinlich nicht der wäre, der ich heute bin. Ohne ab und zu daran zu denken, wüsste ich nicht einmal, dass ich – na ja – dass ich *Ich* bin. Und dann muss ich plötzlich daran denken. Es handelt sich dabei um Erlebnisse aus der Zeit, als das Denken noch in den Kinderschuhen steckte. Um genauer zu sein, in meinen Kinderschuhen. Ich hatte mir als kleiner Junge etwas gedacht, was ich eigentlich noch gar nicht denken konnte. Also, nicht richtig. Damals zumindest noch nicht. Zum Beispiel dachte ich bei einem meiner kindlichen Abenteuerspaziergänge an meinen Onkel und meine Tante. Ich wusste, dass sie ganz weit weg wohnten. Dann hatte ich mir gedacht, ich müsste nur diese große Straße, an der ich mich gerade befand, immer weiter entlang laufen, also in Richtung Westen, dann würde ich zu den beiden kommen. Nach Westen gehen, um im Osten anzukommen. Von Kolumbus hatte ich damals noch nichts gehört. Schließlich wollte ich nicht nach Indien segeln, sondern zu den netten Verwandten laufen. Ich wollte keinen Ozean überqueren, sondern die viel befahrene

Hauptstraße, an der ich mich gerade befand. Bei dem stürmisch vorbeiwogenden Straßenverkehr musste ich lange warten, bis sich eine Gelegenheit dazu bot. Die Gelegenheit kam jedoch nicht. Stattdessen kam die Polizei. Bei meinem Onkel und meiner Tante kam ich damals nicht an, denn die Polizisten wussten auch nicht, wo die wohnten. Aber, wo ich wohnte, wussten sie; und so landete ich wohlbehalten wieder zuhause bei meinen Eltern. Aber dafür war ich im Polizeiauto gefahren! Ein Abenteuer war das allemal – dachte ich. Meine Eltern dachten jedoch ganz anders darüber. Sie hatten gedacht, mir sei etwas passiert und deshalb dachten sie, sei es dass Beste, die Polizei zu verständigten. Das hatte ich natürlich nicht bedacht. Ich hatte ja auch noch nicht so viel Übung im Denken, wie die Erwachsenen, die an so vieles mehr denken mussten, als ich.

Ich denke, ich weiß wann das mit dem Denken bei mir angefangen hatte. Da muss ich natürlich noch kleiner gewesen sein. Ich hatte zusammen mit meiner Schwester draußen vor der Tür gespielt. Als auf dem Gehweg vor unserem Haus ein junger Mann vorbeiging, hatte ich – vielleicht meinen ersten Gedanken, der wie ein Geistesblitz in mein junges Hirn einschlug! Und so sagte ich, mit einer gewissen Genugtuung zu meiner Schwester:

„Ich kann reden, und muss dazu nicht einmal den Mund aufmachen – das kann der Mann da nicht!"

Der Spaziergänger bemerkte sehr wohl, dass er gemeint war, zumal ich frech auf ihn zeigte. So ging er mit einem Schmunzeln auf den Lippen vorbei. Jedenfalls war ich mir seit diesem denkwürdigen Ereignis meiner eigenen, und für mich damals völlig neuen Fähigkeit bewusst: Mir war klar, dass ich von nun an diese besondere Gabe, die Fähigkeit des Denkens hatte. Die Fähigkeit des stummen, ja lautlosen Redens. Seither blieb das Gefühl der Überlegenheit untrennbar mit meinem Denken verbunden. Fortan konnten für mich alle möglichen und unmöglichen Dinge oder Ereignisse sein, allein durch die Tatsache, dass ich sie dachte. Ich denke – und so ist es dann auch. So hatte ich mir das jedenfalls gedacht. Bald wurde mir klar, dass auch andere Menschen – zumindest grundsätzlich – über die Fähigkeit des Denkens verfügten, auch wenn das bei ihnen meist nicht so leise vonstattenging, wie bei mir. Meist dachten sie ganz anders. Ich konnte zwar denken, was ich wollte, aber niemand wusste, was ich wollte. Somit musste ich doch den Mund aufmachen. Nur meine Mutter wusste, was ich dachte. Sie verstand mein stummes Reden. Von den anderen hörte ich viele Male:

„Du hast doch einen Mund zum Reden!"
Lange Zeit habe ich vornehmlich intensiv gedacht und dabei nur selten den Mund aufgemacht. Dadurch bemerkten die anderen gar nicht, dass es mich überhaupt gab. Später hörte oder las ich immer wieder von dem

Philosophen René Descartes, den berühmten Satz:
»Ich denke, also bin ich!«
Als ich wieder einmal lautlos redete und niemand es
hörte, formte sich daraus in meinem Kopf der Satz:
„Ich denke, also bin ich nicht!"
Oder ganz woanders. Denkend habe ich mich immer
wieder aus dem Staub gemacht. Wenn ich denke, bin
ich einfach weg. Dann befinde ich mich irgendwo da
draußen in einer riesigen Galaxie oder sause mit den
Elektronen um einen winzig kleinen Atomkern herum. Manchmal ziehen mich meine Gedanken auch in
ferne Länder, in vergangene oder zukünftige Zeiten,
nach Fantasia oder ins Schlaraffenland. Meine Mutter
fragte mich damals oft: Norbert, wo bist du? Aber, so
dachte ich, wer will das denn wirklich wissen? Wem
könnte ich von meinen Gedanken erzählen? Bis heute sind die Menschen alle so stolz darauf, dass sie ganz
genau wissen, wie die Welt wirklich ist. Hier und heute. Punkt. Etwas anderes will kaum jemand wissen. Ich
dachte mir, wenn die Welt früher anders war, als heute,
müsste es doch auch früher Menschen gegeben haben,
die sich die damalige Welt anders vorstellten. Und weil
diese Wenigen anders dachten als ihre Zeitgenossen,
wurde die Welt auch tatsächlich anders. Wer hätte sich
gedacht, dass man sich heute hin zu jeden Ort der Welt
denken kann und dabei sogar mit einem Menschen
dort sprechen kann? So gesehen ist es wohl doch nicht

verkehrt, wenn man denkt. Auch wenn man sich dabei etwas anderes denkt, als es die anderen tun.

»Was wir brauchen, sind ein paar verrückte Leute; seht euch an, wohin uns die normalen gebracht haben.«[1]
Heute heißt es ja oftmals, wir sollten umdenken. Was wohl mit dem Wort *Umdenken* gemeint ist? Vielleicht sollten wir anders denken, als wir es bisher getan haben. So gibt es einige Leute, die sich tatsächlich in etwas anderem wiedererkennen. Sie behaupten, der Spruch des großen Descartes müsste wohl eher heißen:

»Ich denke, also spinn'ich.«[2] Also, ich denk das nicht! Und da war noch eine Geschichte, die mir zu denken gab. Als ich etwa zehn Jahre alt war, erschrak ich heftig, wenn ich auf meinem Heimweg von der Schule plötzlich wieder diesem großen Jungen gegenüber stand. Der lauerte mir nämlich immer wieder auf, um mich zu verprügeln. Einfach so. *„Los, wehr dich!"*, sagte er jedes Mal. Ich dachte jedoch, ich sei viel zu schwach, um mich zu wehren – also wehrte ich mich nicht. Niemals. Und der Junge schlug zu! Jedes Mal. Das ging so lange, bis mir ein größerer Junge zur Hilfe kam, der den Raufbold in die Flucht schlug. Nicht die Schläge, sondern die Gedanken, die mir durch diesen unverhofften Sieg in den Sinn kamen, sind mir deutlich im Bewusstsein geblieben, denn sie klangen wie eine Vorahnung:

1 Bernhard Shaw
2 Jochen Mai/Daniel Rettig, Ich denke, also spinn ich

„Ich werde in meinem Leben nichts durch Kraft und Stärke erreichen, wohl aber durch geistige Stärke."
Außerdem dachte ich über den Raufbold:
„Geistig bin ich dem doch allemal überlegen!"
Ich habe mich fortan selbst als körperlich schwach und geistig stark gedacht. Ich tat nichts, was mich körperlich hätte stärken können, aber alles, was mir geeignet erschien, mich geistig zu stärken. Ich denke – also bin ich. So wie ich mich denke, so bin ich schließlich auch. Ich habe mich – auch noch als Erwachsener – als der schwache Junge von damals gedacht und so bin ich tatsächlich für lange Zeit dieser schwache Junge geblieben. Alles, was Kraft und Stärke erforderte, blieb für mich unerreichbar. So hab' ich mich durch mein Denken selbst geschaffen. Und zwar körperlich, wie auch persönlich. Einen starken Geist in einem schwachen Körper. Wie der Raufbold von damals denken auch heute viele Menschen, wenn sie sagen:
»Wer sich nicht wehrt, lebt verkehrt!«
Heute denke ich, vielleicht sollte es besser heißen:
„Wer sich nicht wehrt, denkt verkehrt.
– Und zwar, sich selbst!"
Ich habe im Leben nun schon viele Male Prügel eingesteckt, weil es anderen gefiel, und so denke ich heute:
*„Ich kann mich nicht nur stark oder schlau denken, sondern ich kann mich sogar stark **und** schlau denken – also gleichermaßen!"*

Oder anders ausgedrückt: Ich kann nicht nur schlau denken, sondern auch kraftvoll und gut handeln.

Es ist schon erstaunlich! Seit Jahrhunderten rätseln Philosophen und Wissenschaftler darüber, wie denn eigentlich der Geist in den Körper kommt. Ohne von diesen großen Geistern auch nur zu ahnen, habe ich meine eigene Lösung gefunden. Auch ich hatte offenbar, wie die großen Denker, ein Körper-Geist-Problem zu bewältigen, und zwar mein ganz persönliches. Deren Lösung habe ich überraschenderweise in einem alten Kinderlied gefunden, dass ich noch aus meiner Kindergartenzeit kenne:

»Dreh dich nicht um, der Plumpsack geht um!«
Aber heute, nach den Erfahrungen meines Lebens, denke ich das Lied anders weiter:

„Denk endlich um, die Dummheit geht rum!
Wer nicht umdenkt und drüber lacht,
kriegt den Buckel ganz blau gemacht.
Halt deinen Körper nicht kraftlos hin,
denn das hat nun wirklich keinen Sinn.
Was zu tun ist, das weißt du ganz genau.
Nutze deine Kraft, das ist wirklich schlau!
Willst du weiter auf alten Gedanken 'rumreiten,
oder jetzt den Horizont deines Lebens ausweiten?
Wenn du nicht im falschen Denken gefangen bist,
erkennst du endlich, wo deine wahre Stärke ist"

Ich fühle, also bin ich?

Heilkunst und Farbenpracht©

Norbert Wickbold
Denkzettel Nr. 42

Ich fühle, also bin ich?

»Wer nicht hören will, muss fühlen!« Das war die einhellige Meinung unserer Eltern und deren Generation. Deshalb sahen sie Rohrstöcke, Kochlöffel und Ausklopfer als ihr unverzichtbares pädagogisches Handwerkzeug an. Und darauf waren sie sehr stolz. Sie sagten: *»Ein paar Schläge haben noch keinem geschadet«*. Am liebsten auf den nackten Po! In dieser Zeit kamen viele Frustrationstheorien auf. Kein Wunder, denn selbst die Psychologie lehnte es ab, sich mit Gefühlen zu beschäftigen. Deshalb hat sie es auch nur bis zur Verhaltenstherapie gebracht. Damals kam zwar auch die Urschreitheorie auf, aber das ist ein anderes Thema.

Zu den Achtundsechzigern gehörte ich nicht, aber zu der von ihnen ausgelösten Protestbewegung. Ich war zu jung, um zu den Achtundsechzigern zu gehören. Meine Generation könnte man eher als die Siebenundsiebziger bezeichnen, aber das sagt heute niemanden etwas. Erst die Neunundachtziger wurden wieder als gesellschaftlich relevant angesehen. Dabei fiel der heiße Herbst genau in unsere Zeit. Auch wenn wir damit gar nichts zu tun hatten. Aber davon spricht heute keiner mehr. Während andere ihren Spaß hatten, wollten wir endlich ernst machen und nicht nur die Prügel für etwas einstecken, was wir gar nicht verschuldet hatten. Wir wollten natürlich auch unseren Frust loswerden. Aber nicht mit Gewalt! Davon hatten wir nun wirklich genug! Wir wollten Frieden schaffen, und zwar ganz ohne Waffen! Als Erstes mussten auf jeden Fall die Rohrstöcke und Ausklopfer weg! Ganz ohne Waffen und Gewalt wurde bei unseren Treffen über Politik gestritten. Eben rein verbal, aber dafür sehr emotional. Wir konnten uns dabei so richtig in Rage reden. Deshalb wurde uns immer wieder vorgeworfen, wir seien viel zu emotional. Zu hitzig. Zu spontan. Wir sollten doch auf dem Teppich bleiben. Und wir sollten sachlich bleiben, und uns an Tatsachen halten! Und nackte Tatsachen seien nun mal nur kalte Fakten, weil die garantiert frei von subjektiver und sentimentaler Gefühlsduselei seien. Emotionen und Gefühle, so hieß es, gehören da einfach nicht hin. Die gehörten eigentlich nirgendwo hin. Wo immer sie auftauchten, wurden sie als völlig fehl am Platze angesehen.

Bei aller Liebe für nackte Tatsachen rief jedoch gerade der plötzliche Anblick von nackten Leibern, den wir unseren Zeitgenossen manchmal boten, ausgerechnet bei den Gefühlsabstinenzlern unerwartet heftige Gefühlsausbrüche hervor. Allerdings war für sie der Anblick nackter Popos der Schlager schlechthin. Da mussten die ansonsten so Gefühlsarmen einfach draufschlagen. Deshalb waren bei ihnen die richtig schönen Schlager sehr beliebt. Und wenn Wenke Myhre begeistert sang: »*Er hat ein knallrotes Gummiboot!*« wurde das in den Köpfen mancher Gefühlsabstinenzler ganz einfach zu: »*Er hat 'nen knallroten Kinderpo!*« Dazu ließ sich der Titel: »*Tränen lügen nicht!*[1]« passend machen. Und während man eifrig draufschlug sang man voller Freude: »*Junge, die Welt ist schön!*[2]« oder »*Eine neue Liebe ist wie ein neues Leben!*[3]« was dann im Inneren übersetzt wurde mit: »*Ein paar neue Hiebe sind wie ein neues Leben.*« Je mehr die nur draufschlugen – wenn auch meist nur verbal, desto mehr wollten wir unseren Gefühlen endlich freien Lauf lassen. Doch die Gefühlsarmen hatten natürlich schnell gemerkt, dass sie von uns ordentlich Gegenwind bekamen und so sangen sie: »*Wir lassen uns das Singen nicht verbieten.*[4]«

Das sangen sie immer eifriger und immer lauter. Sie sangen es immer, wenn sie es mit der Angst bekamen. Und was sie dabei für Hintergedanken hatten, das konnten wir uns inzwischen denken. Dennoch hatte ihnen das alles nichts genützt, denn im neuen Jahrtausend war Schluss. Endlich! Genau im Jahr 2000 wurde gegen die Stimmen der guten Christen in unserem Lande die Prügelstrafe abgeschafft. Keine knallroten Kinderpopos mehr! Das war ein schwerer Schlag – für die ganze Schlagerbranche. Damals konnte ich mir das nicht erklären, aber heute verstehe ich, warum die Schlager so jäh aus der Mode kamen. Ja, auch die Ausklopfer und Rohrstöcke gerieten bald wirklich in Vergessenheit und die Kochlöffel wurden seither nur noch zum Kochen

1 Michael Holm, 1974   2 Tony Marshall, 1973
3 Jürgen Marcus, 1972   4 Tina York, 1974

benutzt. Dafür kam es zu einem enormen Anstieg der Kochsendungen im Fernsehen. Das war durchaus noch zu verkraften. Während wir davon träumten, Schwerter zu Pflugscharen zu machen, wurden die Kochlöffel vom Schlagstock zum Kochgeschirr umfunktioniert. Mit jeder Kochsendung freue ich mich, über die vielen Friedenseinsätze dieses alten Küchengerätes.

Kaum war dieser Sieg errungen, waren die Neuen Medien zur Stelle. Die Neuen Medien eröffneten ganz neue Möglichkeiten. Für Gefühlsarme, wie auch für hitzige Gemüter. Kaum zu glauben, denn bald war die kalte Technik dazu in der Lage, die Gemüter in einem solchen Maße zu erhitzen, wie man es bis dahin noch nicht erlebt hatte. Rote Köpfe statt rote Popos.

Selbst die Wissenschaftler mussten sich inzwischen etwas Neues ausdenken. Deshalb erklärten uns diejenigen, die seit Jahr und Tag nur kühle Zahlen, Tatsachen und Fakten akzeptierten, dass es überhaupt nicht möglich sei, irgendetwas zu denken, ohne dabei gleichzeitig auch zu fühlen. Sie präsentierten uns diese, für sie neue und von ihnen als revolutionär bezeichnete Entdeckung, indem sie ihre alte Maxime einfach umformulierten. Somit postulierten sie eine ganz andere Welt. Eine Welt voller Gefühle. Und sie zeigten uns voller Stolz ihre neue Trophäe: *»Ich fühle, also bin ich!«* [5]

Demnach war die Welt gar nicht so objektiv und emo-

5 Antonio R. Damasio: Ich fühle, also bin ich (1999)

tionslos, wie sie bis dahin behauptet hatten. Auf einmal leugneten sie alles und behaupteten das Gegenteil. Vielleicht hatten sie gemerkt, dass sie sich auf ihren Kopf nicht immer verlassen konnten, und zu unserer Überraschung erklären sie uns, dass es nur auf das richtige Bauchgefühl ankäme. Damals dachte ich, wenn Schiller zu unserer Zeit gelebt hätte, so hätte er gedichtet: *»Sire geben Sie Gefühlsfreiheit!«*

Ja so war das damals. Und heute? Heute haben wir diese Freiheit, von der schon viele Generationen vor uns träumten! Und was machen wir damit? Geht es uns besser, weil wir nicht nur selber denken, sondern auch selber fühlen dürfen? Wir haben, weil wir unsere Gefühle lange Zeit einfach nicht zeigen durften, und auch bisher gar nicht darauf geachtet hatten, die alten, gewohnten Gedanken kurzerhand zu Gefühlen erklärt. Und plötzlich *fühlen* wir uns alle irgendwie schlecht behandelt. Oder wir *fühlen* uns benachteiligt, betrogen oder schlichtweg verschaukelt. So kommt es, dass uns die als Gefühle getarnten Gedanken häufig Kopfschmerzen, einen dicken Hals oder Bauchschmerzen bereiten. Und manchmal geht uns einfach die Galle über. Und das alles fühlt sich zugegebenermaßen gar nicht gut an.

Die neu gewonnene Freiheit der Gefühle tut vielen gar nicht gut. Der Umgang mit Gefühlen fällt ihnen immer noch schwer. Sie sehnen sich zurück in die Zeit, als sie sich noch auf ihr Denken und ihren Verstand verlassen

27

konnten. Und dann bedenken sie, dass jeder von unberechenbaren Gefühlen gesteuert wird. Sie haben bald das *Gefühl*, (was in Wirklichkeit ein Gedanke ist, und zwar ein ganz dummer) dass sie überhaupt niemanden mehr trauen können. Sie trauen weder ihren eigenen Gefühlen noch denen der anderen und entwickeln oftmals umfangreiche Verschwörungstheorien. Aber nur weil sie sich selbst nicht mehr verstehen, müssen sie doch nicht gleich den Verstand verlieren. Was sich bei ihnen zu ausgeklügelten Verschwörungstheorien ausgeweitet hat, lässt sich jedoch beim besten Willen nicht zum gesunden Bauchgefühl umdichten. Das sind und bleiben Hirngespinste, die uns durchaus einen Schrecken einjagen können. Und vor allem können die uns damit ganz schön auf die Nerven gehen. Vielleicht ist das ja gerade beabsichtigt?

Nein, nein – keine Angst, ich werde jetzt nicht auch noch in diese Falle tappen und den vielen, schon vorhandenen Verschwörungstheorien eine eigene und völlig überflüssige hinzufügen. Ich frage mich nur, ob es sein kann, dass uns die Gefühlsabstinenzler mit ihren alten Schlagern und den einschlägigen Erziehungsmethoden heute mit Verschwörungstheorien erneut erziehen wollen? Oder missbrauchen sie bald wieder die Kochlöffel? Erst die Kochlöffel und dann uns? Davon habe ich für den Rest des Lebens genug. Ich sage euch: *»Wehret den Anfängen!«*

Passt bloß auf, was da zusammengebraut wird! Noch können wir in den vielen Kochsendungen unseren Gefühlen freien Lauf lassen, denn schließlich ist da für jeden Geschmack was dabei. Doch inzwischen entwickeln ein paar Leute ein Sendungsbewusstsein und lassen damit immer wieder die Volksseele hochkochen. Heute kocht noch jeder vor sich hin und kocht sich sein eigenes Süppchen. Doch währenddessen kochen ein paar Leute längst über. Nach alten Rezepten beschießen sie uns mit ihren Gulaschkanonen. Erst wird scharf gewürzt und dann gibt es wieder für alle einen Einheitsbrei. Geschmacklos und Gefühlslos. Und dann wird gegessen, was auf den Tisch kommt. Igitt!

Weil sie die Hoheit über ihre Gefühle nicht erlangen können, wollen sie die Hoheit über die Kochlöffel zurückgewinnen. Deshalb sage ich euch: Lasst euch den Kochlöffel nicht wieder aus der Hand nehmen! Kochlöffel gehören an den Herd! Sie gehören in den Pott und nicht auf den Po. Aua, das tut weh. Lass dir die Gefühlshoheit nicht aus der Hand nehmen. Bestimme selbst, was du isst und was dir schmeckt:

„Nur wer tatkräftig selbst mitrührt,
und sich ganz bewusst selbst spürt,
muss nicht im Bodensatz rumwühlen;
kann sich ganz ohne Schmerzen fühlen.
Sein Innerstes sagt, wer er ist. Wirklich,
ich kann es jetzt fühlen: Das also bin ich!"

Ich will, also bin ich?

Heilkunst und Farbenpracht©

Norbert Wickbold
Denkzettel Nr. 43

Ich will, also bin ich?

Wissen Sie eigentlich, was Sie wollen? Ja? Ich behaupte das von mir selbst natürlich auch. Manche sagen ja, jeder hätte etwas, was ihn antreibt. Und das sei eben sein Wille. Ein Mensch sei ohne eigenen Willen antriebslos. Also einen eigenen Willen habe ich auf jeden Fall. Aber manchmal finde ich das gar nicht so einfach immer zu wissen, was ich gerade will. Zum Beispiel, wenn ich ganz alleine bin. Ich bin durchaus gerne allein. Schließlich sagt mir dann keiner, was ich tun oder lassen soll und ich kann einfach das machen, was ich will. Ganz ungestört. Und wissen Sie was? Dann weiß ich oft gar nicht, was ich will. Ich könnte ja einfach sagen, wenn ich gerade nichts Bestimmtes will, dann mache ich eben auch nichts. Bloß, wenn ich dann schon mal machen kann, was ich will, dann will ich diese Gelegenheit auch nutzen und will sie mir auf keinen Fall entgehen lassen. Manchmal finde ich das blöde, nicht zu wissen, was ich will. Immer, wenn ich mir die Freiheit nehmen will, mal nicht sofort zu entscheiden, was ich will, dann gibt es jemanden, der mich drängelt. Im Kaufhaus, bei der Arbeit oder im Straßenverkehr. Ja sogar beim Spazieren gehen. Ständig ist jemand hinter mir und ruft oder schimpft gar: *„Nun mach schon. Los vorwärts!"* Ständig soll ich wissen, was ich will. Von wegen, jeder hat etwas, was ihn antreibt. Jeder hat einen, der ihn antreibt. Warum soll ich mich antreiben lassen? Schließlich ist bei mir der Herdentrieb nur sehr spärlich ausgebaut.

Es gibt Leute, die scheinbar immer genau wissen, was sie wollen. Scheinbar. Also, ich weiß nicht, ob die, wenn sie ganz alleine sind, nicht auch einfach mal nichts machen. Eben weil sie genau wie ich, oder vielleicht auch wie Sie, manchmal nichts wollen. Oder auch, weil sie schlicht und ergreifend nicht wissen, was sie wollen. Das könnte durchaus mal vorkommen. Meinen Sie nicht? Vielleicht ruhen die sich dann ja aus vom ständigen Machen-Müssen, was sie wollen. Nur wenn ich diesen Leuten begegne, wissen die immer ganz genau, was sie wollen. Oder zumindest, was sie nicht wollen. Zu wissen, was man nicht will, scheint ohnehin oft einfacher zu sein, als zu wissen, was man will.

Es heißt ja, Kinder seien anfangs völlig willenlose Geschöpfe. Aber schon Säuglinge bekommen, wenn sie sich die Seele aus dem Hals schreien, einen ganz roten Kopf. Da frage ich mich: Schreien die nur so laut und so intensiv, weil sie ihren Willen nicht kriegen? Zugegeben, es ist nicht immer einfach, zu verstehen, was sie wirklich wollen. Aber dass auch die ganz Kleinen schon einen eigenen Willen haben, können alle Mütter und Väter jederzeit bestätigen. Und spätestens im Trotzalter bringt es jedes Kind klar und unmissverständlich zum Ausdruck: *„Ich will!"* Und wenn das ganz und gar nicht hilft, legt es nach und brüllt: *„Ich will aber!"* Eltern, Omas, Onkel oder Tanten, die mit diesem jungen Erdenbürger zu tun haben, merken schnell, wen sie vor sich haben. Das ist alles andere, als ein willenloses Geschöpf. Das Kind beginnt sich selbst zu erkennen, und zwar über den eigenen Willen: Ich bin der, der das und das *will!* Und vor allem bin ich auch der, der das und das *nicht* will! So, und das ihr es nur wisst: *„Ich will, also bin ich.“* Auf diese Losung ist jeder irgendwann gekommen. Sie birgt jedoch einen tückischen Fallstrick. Dazu komme ich noch, aber erst ganz zum Schluss. Als ich selbst noch ein Kind war und meinen Willen entdeckte, war mir sofort klar, was ich wollte. Ich wollte Eis, jeden Tag mein Lieblingsgericht, immer spielen, wozu ich gerade Lust hatte und so lange ich wollte. Und es gab Einiges, was ich ganz und gar nicht wollte. Das fing mit dem Essen an, ging weiter mit den Hausaufgaben und damit, dass ich meine Spielsachen nicht wegräumen wollte. Und wenn Mama und Papa sagten, dass ich ins Bett gehen sollte, wollte ich das erst recht nicht. Damals wusste ich praktisch immer, was ich wollte. Doch leider musste ich oftmals machen, was ich zwar sollte, aber durchaus nicht wollte. Und auch wenn niemand mir Vorschriften machte, musste ich manchmal erkennen, dass nicht alles so klappen wollte, wie ich es wollte.

„*Siehst du*“, sagten die klugen Erwachsenen,
„*man kann im Leben nun mal nicht immer
seinen Willen bekommen.*“

Dabei wussten die selbst oftmals gar nicht so genau, was sie überhaupt wollten. Und nur, weil die ihren Willen nicht gekriegt hatten, sollte ich ebenfalls meinen Willen nicht bekommen? Das sah ich nicht ein. Wenn ich dann trotzig mit meinem *Ich will aber* kam, konnte ich mir wieder mal den blöden Spruch anhören:

„Kinder mit 'nem Willen,
bekommen was auf die Brillen!"

Damals dachte ich, wenn ich erwachsen bin, kann ich immer machen, was ich will. Auf jeden Fall wollte ich mir von Niemanden sagen lassen, was ich zu tun und zu lassen habe. Nur wenn ich weiß, was ich will – dachte ich – wissen die anderen auch, wer ich bin. Inzwischen weiß ich auch, dass diejenigen, die mir immer mit ihrem *„Kinder mit 'nem Willen"* usw. kamen, selbst nie ihren Willen gekriegt haben – nicht als Kinder und nicht als Erwachsene – und deshalb wollten sie das auch ihren Kindern nicht gönnen.

Es gibt noch einige Leute, die auch erwachsene Menschen davon abhalten wollen, einen eigenen Willen zu entwickeln. In meiner Studentenzeit wohnte ich mit einer Kommilitonin zusammen. Die wusste immer, was sie wollte. Dennoch war sie zuvor einem Guru gefolgt. Sie hatte sich sogar von ihm sagen lassen, wie sie künftig heißen sollte. All seinen vielen Anhängern sagte dieser Guru, sie müssten eine Kette mit einem Bild von ihm, ihrem Meister, um den Hals tragen, Ihre Individualität dürften sie durch eine besondere Perle zum Ausdruck bringen. Nun war meine Kommilitonin Goldschmiedin, und so wurde sie von einer Freundin gebeten, ihr die persönliche Perle zu fertigen. Doch welche Perle sollte es sein? Diese Freundin war auch nach einem ganzen Tag des intensiven Grübelns zu keinem Ergebnis gekommen. Sie konnte einfach nicht herausfinden, welche Perle sie haben wollte, denn ihr Guru war den ganzen Tag nicht erreichbar. So wusste sie sich nicht mehr zu helfen, und musste ihr Pendel befragen. Aber auch das so gefundene Ergebnis, führte sie nicht recht zur Klarheit, ob es wirklich die Perle sei, die sie wollte. Der von ihr angebetete Guru hatte viele willenlose Geschöpfe angezogen, die ihn, wie Motten das Licht, umkreisten. Sie wollten gerne ein sorgenfreies Leben führen, doch sie gaben sich selbst und viel Geld hin und halfen ihrem angehimmelten Meister ein sorgenfreies Luxusleben zu führen. Derartiges ist nicht neu. Auch Goethe ließ den Verführer Mephisto zum naiven Schüler sagen:

„Am besten ist, wenn ihr nur einem hört
und auf des Meisters Worte schwört!" [1]

Manche Leute sagen ja, es gäbe einen freien Willen. Und sie selbst hätten ein besonderes Vorrecht darauf. Ohne Rücksicht auf andere, machen die immer, was sie wollen. Und den anderen sagen sie, dass ja schließlich nicht jeder einfach machen könne, was er will. Voller Empörung, die uns erschrecken soll, rufen sie aus:

„Wo kämen wir denn hin, wenn hier jeder machen würde, was er will?"

1 Johann Wolfgang von Goethe, aus Faust I

37

Denen kann ich nur sagen: Wir kämen dahin, dass diese Leute unseren Willen ebenfalls respektieren müssten. Ja, und das wollen die gar nicht. Die machen alles, um das zu verhindern. Und das Verrückte ist: Wir machen bei alledem brav mit. Wieso eigentlich? Sie auch? Ich glaube nicht, dass jemand anders wissen kann, was für mich das Beste ist. Glauben Sie das? Oder soll ich glauben, dass jemand anders freiwillig genau das macht, was ich will? Oder soll ich glauben, das zu wollen, was diese Leute angeblich extra für mich machen? Und dann frage ich Sie und mich selbst natürlich auch:

„Tun wir wirklich das, was wir wollen, oder tun wir nur so, als würden wir das wollen, was wir gerade tun?"

Also manchmal bedarf es schon einer klaren Willensäußerung. Wenn ich zum Beispiel einen Vertrag unterschreibe oder ein Computerprogramm abonniere, heißt es in den Vordrucken: *„Ja, ich will..."* Und wenn ich das Programm dann benutzen will, fragt mich der Computer prompt: *„Wollen Sie das wirklich?"* Es gibt viele Situationen, in denen es hilfreich wäre, wenn in mir solche Fragen aufkämen und mich von einer Fehlentscheidung abhielten. Denn anschließend sagt man mir, ich habe es doch freiwillig getan. So ist das mit dem freien Willen. Was mein freier Wille ist, wollen am liebsten andere bestimmen. Das gelingt nicht, wenn ich ein eigenwilliger Mensch bin, der sich keinem fremden Willen unterordnet.

Viele Menschen glauben, dass ihnen mit ihrem starken Willen alles gelingt. Sie beteuern immer wieder:

„Ich kann alles erreichen, wenn ich es nur will!"

Bei mir funktioniert das irgendwie nicht. Mit einem starken Willen stoße ich überall auf Widerstand. Abgründe tun sich auf. Ich muss mir eher eingestehen:

„Ich kann noch so viel wollen, ich erreich' s doch nicht."

Solange ich nicht weiß, was ich will, erreiche ich nichts. Weiß ich genau, was ich will, erreiche ich nichts, weil ich mit dem Kopf durch die Wand will. Dann stoße ich überall auf Widerstand. Nur, wenn ich das will, was die anderen wollen, erreiche ich es – zur Freude des Chefs, des Vermieters und der Politiker. Eben all derer, die mit ihrem Willen alles erreichen. Dann will ich eben gar nichts mehr! Heißt es nicht immer, des Menschen Wille sei sein Himmelreich? Muss ich denn erst in den Himmel kommen, damit mein irdischer Wille Wirklichkeit werden kann? Dabei bete ich täglich:

„Mein Wille geschehe!

Wie im Himmel, also auch auf Erden."

Vielleicht wird ja wenigstens mein letzter Wille gehört, wenn ich eines Tages nicht mehr bin. Jedenfalls nicht mehr hier. Ich will, also bin ich? Werde ich mich einst mit meinem letzten Willen besser durchsetzen, als ich es mit all meinen Willensbekundungen zu Lebzeiten konnte? Dann bin nicht mehr, aber dann darf ich wollen – endlich!"

Ich leide, also bin ich?

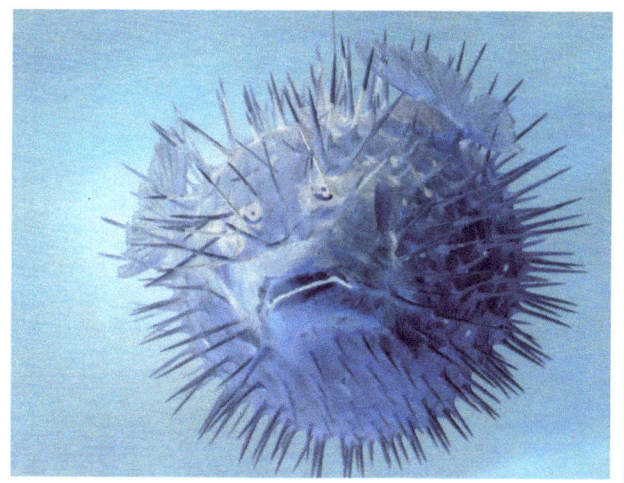

Heilkunst und Farbenpracht©

Norbert Wickbold
Denkzettel Nr. 44

Ich leide, also bin ich?

Jetzt muss ich, wohl oder übel, eine leidige Angelegenheit ansprechen. Ich begegne immer wieder Menschen, die aufgehört haben, sich über das Denken zu definieren und nun nach neuen Formen der Selbstidentifikation suchen. Ich treffe einen Bekannten und frage ihn nach seinem Befinden. Bei den meisten meiner Freunde weiß ich in etwa, wie es um sie bestellt ist. Dennoch ist es immer häufiger, dass sie mir ihr Leid klagen. Ging es den Menschen hierzulande jemals so gut wie heute? Doch wo immer ich hinhöre, treffe ich Leute, die fürchterlich Leiden. Mit zunehmendem Alter leiden sie an allerlei Zipperlein. Sie leiden am falschen Wetter, an den Preisen, und am meisten leiden sie an Angelegenheiten mit denen sie überhaupt nichts zu tun haben. Ja, sie leiden sogar unter Menschen, die sie nie gesehen haben und denen sie wahrscheinlich in ihrem ganzen Leben niemals begegnen werden. Ihr größtes Leid ist Langeweile. Das Schlimmste aber ist: Mir geht es genauso! An Langeweile leiden, das kann sehr gefährlich werden. Wie viele Streitereien werden nur aus Langeweile begonnen und am Ende ist das daraus entstandene Leid riesengroß. Und das völlig ohne Not. Ja, wirklich! Ich leide tatsächlich darunter, dass ich ganz und gar keine Not leiden muss. Es ist erstaunlich, aber man kann sogar darunter leiden, dass man nicht leidet. Not macht erfinderisch, aber nicht in Not zu sein, macht noch viel erfinderischer. Was ich nicht alles für Geschichten, Gemeinheiten und

Krankheiten erfinde, um die Aufmerksamkeit der anderen zu erheischen. Statt zu sagen: »*Ich denke, also bin ich*«, heißt es bei mir, durchaus nicht ganz unbescheiden: *„Ich leide, also bin ich[1] – etwas ganz Besonderes!"*
Ich bin nicht allein. Es gibt viele Leidensgenossen. Mein Denken dient nur dazu, mir meine ganz individuellen Leidensgeschichten und Verschwörungstheorien auszudenken, damit jeder hören kann, wer für all meine Leiden verantwortlich ist. Denn eines steht schon mal fest: Ich selbst bin es jedenfalls nicht. Wenn ich auch sonst an der Welt und der Menschheit zweifel, an meiner eigenen Unschuld zweifel ich jedenfalls nicht. Glaubt mir, ich bin Opfer der Ereignisse, der misslichen Umstände oder der bösen Machenschaften für die ich rein Garnichts kann. Mir scheint, viele Menschen leiden, wie ich am Überfluss. Und zwar am Überfluss schlechter Gedanken. Gedanken über den Zustand der Welt, über die Politik, über andere Menschen und manchmal sogar auch über mich selbst. Dann denke ich: *„Nur wenn ich leide, werde ich gesehen."*
Ich glaube, Leiden ist ohne Denken gar nicht möglich. Erst die Vorstellung macht das Übel. Indem ich das Übel bekämpfen will, gebe ich ihm die Kraft und Energie, die es benötigt, um zu wachsen. Erst leide ich unter der Vorstellung des Übels und schließlich leide ich unter dem, durch meine Vorstellung geschaffenen Übel.

1 Pascal Bruckner: Ich leide, also bin ich, 1996

Einer, der, laut biblischer Überlieferung, ebenfalls unter einer Vorstellung litt, die ihm ein Übel war, das war der Pharao, dem der nach Ägypten verschleppte Joseph, seine Träume deutete. Der Pharao träumte von sieben wohlgenährten Kühen auf einer üppigen Weide, die von sieben plötzlich auftauchenden, völlig abgemagerten und hässlichen Kühen gefressen wurden. Durch Josephs berühmte Deutung der Träume ist es in unser kollektives Unbewusstes übergegangen, dass auf sieben fette Jahre sieben magere Jahre folgen. Joseph, der von seinen Brüdern in eine ungewisse Zukunft abgeschoben und dadurch in große Not gestürzt wurde, hilft ihnen, als sie selbst Not leiden und er gibt ihnen großzügig von seinem weise angelegten Reichtum ab.

Heute kommen lauter Menschen als Flüchtlinge zu uns, die solche Not erlitten haben, wie wir sie uns im Traum nicht vorstellen können. Es gibt ja durchaus Menschen, die Mitleid mit diesen armen Geschöpfen haben und ihnen ihre Hilfe anbieten. Das erinnert mich an die griechischen Katzen am Busbahnhof von Rhodos. An diesem Umschlagplatz gibt es ein ständiges Kommen und Gehen. Ich kann nur schwer unterscheiden, wer dort Tourist und wer ein Einheimischer ist. Bei den Katzen ist das anders. Hier gibt es nur griechische Katzen. Und die sehen durchaus anders aus, als die, die ich von zuhause kenne: dünn, struppig, schmutzig und abgemagert. Meine Frau hatte Mitleid mit diesen armen

Geschöpfen. Einmal brachte sie den Katzen ihre gesamten Fleischreste von ihrem letzten Mahl mit. Kaum hatte sie es ausgepackt, da stürzte sich die nächstliegende Katze sofort darauf und hielt beide Vordertatzen schützend darüber, sodass keine der anderen Katzen auch nur die geringste Chance hatte, daran zu kommen. Ihr Hunger war offenbar so groß, dass sie die unerwartete Segnung mit Niemandem teilen wollte. Hätte sie reden können, hätte sie wohl ausgerufen: *„Alles meins!"*

Die griechischen Katzen waren abgemagert und ausgehungert. Da war es verständlich, dass keine etwas von den unverhofften Gaben abgeben wollte. Zuhause sind weder die Katzen noch die Menschen abgemagert. Ich frage mich, warum die gutgenährten Menschen, die sonst so lässig ihren Wohlstandsbauch präsentieren, den notleidenden Flüchtlingen nichts abgeben wollen? Wovor haben die Angst? Leiden sie vielleicht unter der Angst, sie selbst könnten, wie einst die fetten Kühe im Traum des Pharao, von den mageren Kühen, sprich, von den gepeinigten Flüchtlingen, gefressen werden? Josephs Brüder kamen erst, nachdem die fetten Jahre auch für Ägypten vorüber waren. Die Flüchtlinge von heute kommen, während die Jahre und die Menschen hier immer fetter werden. Und das ist ein unerträgliches Leid. Für uns, die wir zu den Satten zählen. Wir leiden, wenn wir durch überfüllte Warenhäuser streifen und nichts finden, was unser Herz wirklich erfreuen kann. Oder wenn wir abends durch die verschiedenen Programme zappen und nicht wissen, was unsere innere Leere füllen kann.

Wie war das? *»Ich leide, also bin ich?«* Woran leide ich denn? An Hunger? An Armut? An Hoffnungslosigkeit? An Unterdrückung? Aufgrund von Verfolgung? An körperlichen und seelischen Verletzungen? An keinem von alledem. Und dennoch ist es für mich und so viele Menschen hier so unerträglich, wenn auch die anderen Menschen nicht mehr leiden wollen. Ist diese Grammatik des Lebens nicht Paradox? Das Paradoxon liegt schon in der Grammatik der deutschen Sprache begründet. Wenn ich meine Frau streichel, dann bin ich aktiv und sie passiv. Mit deutschen Worten ist das für mich eine Tätigkeitsform und für meine Frau eine Leidensform. Wieso leidet meine Frau, wenn sie von mir gestreichelt wird? Da stimmt doch was nicht! In Wirklichkeit bin ich dann der Leidtragende, schließlich werden meine zärtlichen Bemühungen nur als leidvoll ertragen... Ach jetzt verstehe ich das endlich: Wenn ein Schutzsuchender zu uns kommt und ihm wird hier geholfen, dann ist: *„Wird geholfen"* eine Leidensform und wenn dieser Mensch gar keine Hilfe bekommt und er wird abgeschoben, dann ist das auch eine Leidensform. Wenn derjenige so oder so leidet, dann brauche ich mir doch nicht erst die Mühe zu machen ihn zu helfen. So leide auch ich unter der Sinnlosigkeit.

Warum gibt es überhaupt all dieses sinnlose Leiden? Wir haben uns als gute Christen, die wir glauben, zu sein, auf Christus berufen, der vor zweitausend Jahren ans Kreuz geschlagen wurde und seither für uns gelitten hat. Bis heute kam niemand auf die Idee *Ihn* von seinen Qualen zu erlösen. Wir wollen alle gute Christen sein, doch wir haben *Ihn* dort einfach hängen lassen. *Er,* der uns die Idee der Nächstenliebe nahebringen wollte, wartet schon seit vielen hundert Jahren vergeblich auf eben diese Nächstenliebe. Bis auf den heutigen Tag! Wie kommt es, dass gerade diejenigen, die behaupten, *Ihm* nahe zu sein, einfach nicht bereit sind, *Ihm* gegenüber Nächstenliebe aufzubringen? Nein nicht nur *Ihm* verweigern wir unsere Nächstenliebe. Wir haben – im Fernsehen – schon so viel Leid gesehen. Meist ist es fremdes Leid. Und wir haben immer weggeschaut. Oder sogar zugeschaut und uns am Leiden dieser anderen ergötzt. Dabei wissen wir, dass *Er* uns gemahnte: Was ihr nur einem Geringsten getan habt, das habt ihr *Mir* getan. Manchmal habe ich den Eindruck, dass wir *Ihn* da immer wieder neu drauf festgenagelt haben. Auf das Kreuz, dass wir selbst endlich auf uns nehmen sollten. Doch wir lassen *Ihn* weiter leiden – für uns oder besser gesagt, statt unser aller. Wir glauben fest daran, dass *Er* uns das Leiden auf ewig abnimmt, wodurch es uns erspart bleibt, unser Kreuz selbst tragen zu müssen. Aber kann uns wirklich jemand, der an Händen und

Füssen festgenagelt wurde, erretten? Sind denn nur diejenigen richtige Christen, die andere auf ihre eigenen Werte festnageln und sich am Leid der anderen ergötzen? Offenbar haben wir es verlernt, uns selbst vom Leiden zu befreien und uns selbst zu erlösen. Wie wir es verlernt haben, Mitleid zu empfinden und Nächstenliebe zu entwickeln. Längst haben wir unsere Kreuze, anstatt sie zu tragen, an den Nagel gehängt. Dort hängt er, vervielfacht, der gemarterte Christus. Ziert wie eine Jagdtrophäe den Raum; zeigt, dass *Er* der Besiegte ist, dem von uns als Leidtragender auf ewig die Opferrolle auf den Leib geschrieben wurde. Wir haben uns von mageren, entsagenden Asketen zu lauter schlemmenden, genussfreudigen Buddhafiguren entwickelt. Rein körperlich. Irgendwann kommt jeder Leidgeprüfte als Christus vom Kreuz herunter. Dann kommen sie aus aller Welt zu uns und legen uns ihre Kreuze auf. Wie einst die abgemagerten Kühe kamen, um die fetten Kühe zu fressen, so befürchten wir vom Leiden Christi in hunderttausendfacher Verkörperung gefressen werden. Ist das das jüngste Gericht? Wollen wir Gericht halten?
Wann werden wir nicht mehr unsere Türen den Leidenden verschließen? Wann lassen wir den Christus in uns auferstehen, damit *Er* mit offenen Armen der Welt begegnet? Und wir mit ihm! Mit offenen Armen und offenem Herzen! Weil *Er* gelitten hat, hat *Er* das Leid überwunden. Was bleibt, ist ein liebendes Herz.

Ich leiste was,
also bin ich?

Heilkunst und Farbenpracht©

Norbert Wickbold
Denkzettel Nr. 45

Ich leiste was, also bin ich?

Haben Sie sich nicht schon mal gefragt, wer eigentlich die Arbeit erfunden hat? Darüber gibt es verschiedene Theorien. Was davon stimmt, das weiß Gott allein. Ja natürlich! Schließlich heißt es doch, dass Gott die ganze Welt geschaffen hat. Und zwar nur in sechs Tagen. Falls die Angaben in der Übersetzung richtig sind. Dann war das allerdings eine Riesenleistung. Die Physik erklärt uns: Je mehr Arbeit pro Zeiteinheit geschafft wird, desto größer ist die Leistung. Also viel Arbeit in kurzer Zeit bedeutet Höchstleistung. Bis heute ist es den Menschen noch nicht gelungen, alle Steine auf diesem Planeten umzudrehen, die ja – zusammen mit der Tier- und Pflanzenwelt und dem ganzen Kosmos an diesen denkbaren sechs Tagen geschaffen wurden. Doch zunächst musste Gott die Zeit machen, bevor er sich an die Erschaffung der Welt machen konnte. Vor der Schöpfung hatte Gott noch alle Zeit der Welt. Und mit der Schöpfung begann die Urzeit. Das war zwar noch keine Uhrzeit, aber eben die Urform der Zeit. Und als Gott schließlich auch die Menschen gemacht hatte, fand er, dass er gute Arbeit geleistet hätte und nun ausruhen könne. Einen Tag. Aber der Tag hatte es in sich. Den einen Tag wollte er sich gönnen, aber er kam fortan nicht mehr zur Ruhe. Die ersten Menschen waren einfach nur Leistungsempfänger. Die wussten nicht so recht, was sie mit sich und ihrem Dasein anfangen sollten. Und was machen Menschen, wenn ihnen langweilig ist? Sie machen Blödsinn. Das war damals sicher nicht anders, als heute. Gott war in Vorleistung getreten und nun machten die Menschen ihm ständig Arbeit. Dann kam ihm die Idee.

„Ja," dachte Gott, *„die sind doch im arbeitsfähigen Alter. Die müssen durchaus nicht die ganze Zeit untätig bei mir am Rockzipfel herumlungern. Von alleine gehen die nie. Da muss ich wohl etwas nachhelfen."*

Kindern gibt man in solch einem Fall, die Aufgabe ihr Zimmer aufzuräumen. Aber die hier waren erwachsen! Und so beschloss Gott, dass sie sich nützlich machen sollten. Um ihre Zuverlässigkeit zu prüfen, gab er ihnen zunächst einen harmlosen Auftrag. Er sah, wie sie am Boden saßen und einfach nur zuschauten wie das Gras wuchs. Ja, die Schöpfung entwickelte sich von Anfang an aus dem Urzustand heraus. Alles veränderte sich. Die ganze Welt blieb nicht so, wie Gott sie geschaffen hatte. Mit der Zeit entwickelte alles eine Eigendynamik oder besser gesagt, ein Eigenleben. Das Gras fing an zu wachsen, die Bäume wurden größer und größer. Sie bekamen nicht nur immer mehr Blätter, sondern ihnen wuchsen auch Früchte. Was sollte Gott mit den vielen Früchten machen? Der zu Anfang so schön aufgeräumte paradiesische Garten geriet immer mehr in Unordnung. Und genauso die Tiere, die Sterne – einfach alles wuchs und wuchs! Wenn das so weitergeht, dachte Gott bei sich, dann wächst mir das alles noch über den Kopf. Aber er musste ja Ruhe bewahren, denn schließlich war er der Herr im Hause seiner Schöpfung. Jetzt wurde es höchste Zeit, den beiden Menschen eine sinnvolle Beschäftigung zu geben. Als Erstes sollten sie dafür sorgen, dass von dem Baum in der Mitte des Gartens keine Frucht herunterfällt. Wo kämen wir denn hin, wenn hier jeder macht, was er will? Und wenn jeder Baum und jede Blume seine Früchte umher wirft ohne ihn, dem Herrn, um Erlaubnis zu fragen? Kaum war Gott fortgegangen, fiel eine Frucht herunter. Die beiden schämten sich, dass sie nicht richtig aufgepasst hatten. Was sollten sie nun tun? Schnell hob Eva die Frucht auf. Genau in diesem Augenblick hörten sie ein Geräusch. Sie dachten, der Herr würde zurückkommen. Eva biss, so viel sie konnte, von dem Früchtchen ab und reichte es blitzschnell an Adam weiter. Der steckte den Rest eifrig in den Mund und schluckte alles herunter. Doch es war eine Schlange, die durch das Fallen der Frucht aufgeschreckt worden war. Als Gott rief: *„Adam, wo bist du?"*, sagte der nicht: *„Hier bei der Arbeit."* Der kannte ja noch gar keine Arbeit. Welch paradiesischer Zustand! Nein er sagte: *„Ich bin im Urlaub!"* Er war zusammen mit Eva in den Baum gekrabbelt und sie hatten sich ganz oben im dichten Laub versteckt. An dem Baum war tatsächlich noch Urlaub. Also das Laub, von dem alles andere Laub abstammt. Doch bald war es auch im Paradies vorbei mit dem Urlaub. Denn sogar die Luft bewegte sich immer heftiger und fegte kräftig durchs Paradies. Bald flogen nicht nur Früchte, sondern auch jede Menge Blätter zu Boden. Die Schlange wurde fast vollkommen davon bedeckt und rief erschrocken durchs Paradies:

„Das Ende naht!"

Als Gott das hörte, musste er ein Machtwort sprechen.

„Also von einer Schlange lass ich mir nicht ins Handwerk pfuschen. Wann hier Schluss ist, das bestimm' ich allein! Hier wartet auf jeden Einzelnen noch gehörig viel Arbeit. Wenn jeder richtig zupackt, dann wird das auch noch lange weitergehen."

Nach einer kurzen Pause setzte er nach:

„Ich sage euch, wir schaffen das!"

Die Schlange zischte zurück:

„Das kann niemand leisten!"

Kaum zu glauben, dass es nach diesem göttlichen Donnerwort Widerworte gab. Jetzt sprach Gott als Chef:

„Wenn ich das sage, ist das auch möglich. Und wenn es dir nicht passt, kannst du ja Staub fressen! Ich weiß schon, wer am besten dazu geeignet ist, das zu leisten."

Er blickte sich um und suchte die Menschen. Wieder war von Adam und Eva keine Spur. Noch immer voller Zorn rief er erneut nach seinem Erstgeschaffenen:

„Adam, wo bist du?"

Doch Adam und Eva rührten sich nicht. Die waren total dickfellig. Und deshalb trauten sie sich nicht, dem Herrn unter die Augen zu treten.

„Was ist denn das?",

rief Gott entrüstet aus, als er die beiden dann doch in den beurlaubten Ästen zu Gesicht bekam?

„Ich hab euch doch ohne Fell gemacht, damit ihr einander besser lieb haben könnt. Und außerdem, kann ich euch so besser von den Affen unterscheiden. Schließlich habe mit euch noch etwas Großes vor!"

Vor Schreck fielen Adam und Eva aus dem Baum. Zusammen mit all den Früchten, die sie vor dem verbotenen Fall retten wollten. Nun war es aus! Sie wollten ihre Arbeit ja gut machen, aber es ging eben nicht. Das Fell mochte Gott gar nicht an ihnen und er beschloss, das sogleich zu ändern. Zur Verwunderung von Adam und Eva fielen mit ihnen nicht nur alle gesammelten Früchte zu Boden. Von ihnen fiel auch das gerade erst gewachsene Fell ab. Nur bei Adam blieb noch ein Rest im Gesicht, den er fortan als Bart bezeichnete. Dieser Tag aus der Urgeschichte wurde fortan als der Tag des Abfells der Menschen bezeichnet. Spätere Übersetzer neigten zur Übertreibung und haben daraus mal den Abfall der Menschheit und mal eine Geschichte vom verbotenen Apfel gemacht. Die Geschichte ging jedoch noch weiter. Kurz nachdem Adam wie ein gerupftes Huhn am Boden saß, und er darüber nachsann, was das alles zu bedeuten habe, fiel ihm ein dicker Apfel direkt auf den Kopf. Er dachte, wenn das mit dem freien Fall für Eva, für mich selbst und für die Äpfel gleichermaßen gilt, dann muss das ein Gesetz sein. Und er nannte dies künftig: *„Das Gesetz vom freien Fall.“* Das Fallen geht ohne eigenes Zutun, aber Aufstehen oder Aufheben bedarf der Eigenleistung. Adam nannte den Baum von dem sie gefallen waren, den Baum der Erkenntnis, weil er durch ihn diese Erkenntnis hatte. Gott lobte Adam für seine geistige Leistung und sagte, dass es nun Zeit wäre, dass sie beide auch körperlich etwas leisten. Hatten sie vor dem Fall nicht einmal gewusst, wer sie wirklich waren und weshalb Gott sie geschaffen hatte, gelangten sie nun zu einer weiteren Erkenntnis. Genau genommen war das ihre Selbsterkenntnis, die in dem Spruch mündete: *„Ich leiste was, also bin ich!“* Nachdem Gott Adam und Eva aus dem Urlaub geholt hatte, wurden sie, im wahrsten Sinne des Wortes, mit Arbeit zugeschüttet. Dem lieben Gott selbst war inzwischen auch ein Bart gewachsen. Und Adam war stolz, dass er dem Herrn immer ähnlicher wurde. Gott war es nicht entgangen, dass alle Bäume, nicht nur im Paradies, sondern weltweit, übervoll mit Früchten waren. Die mussten aufgehoben und eingesammelt werden. Das sollte die Arbeit der Menschen werden. Selbstverständlich konnten sie die aufessen. In der Überlieferung aus diesen frühen Tagen der Menschheit heißt es:

» Gott gab den Menschen allerlei Früchte zu essen. «
Und davon gab es reichlich! Nicht nur im Paradies. So schickte Gott Adam und Eva hinaus in die Welt, damit

sie sich von den Früchten der Erde ernähren und dort für Ordnung sorgen sollten. Wenn das oft auch eine schweißtreibende Arbeit war, so waren sie doch stolz darauf, sich durch Eigenleistung eine Existenz aufbauen zu können. Zunächst lebten sie von der Hand in den Mund. Was sie vom Boden aufhoben, aßen sie sofort auf. Die vielen Früchte konnten sie gar nicht alle essen. Doch sie mussten ja für Ordnung in der Natur sorgen. Adam fragte sich, wie sie das alleine leisten sollten? Gott wusste Abhilfe und sagte ermutigend:

»Seid fruchtbar und mehret euch!«

Und das taten sie auch. Schließlich hatten sie alle Hände voll zu tun. Generationen neuer Erdenbürger lebten nur, um zu arbeiten. Diese ersten Menschen wurden als Riesen bezeichnet, nicht weil sie so groß waren, sondern, weil sie so Großes leisteten. Bis heute haben sich so manche Chefs als Vertreter Gottes auf Erden aufgeführt und wie dieser ihren Untergebenen zugerufen:

„Wir schaffen das!"

Und hat Gott wirklich auch die Chefs gemacht? Sie säen nicht, sie pflügen nicht, sie ackern nicht, und doch ernten sie immer die dicksten Früchte – unserer Arbeit! Denn in Wirklichkeit ist der Aufstieg der gesamten Menschheit den vielen Einzelnen zu verdanken, die sich in unendlich vielen Generationen, seit Adam und Eva an der Erkenntnis orientierten:

„Ich leiste was, also bin ich!"

Ich leite, also bin ich?

Heilkunst und Farbenpracht©

Norbert Wickbold
Denkzettel Nr. 46

Ich leite, also bin ich?

Hallo Sie da! Ja Sie. Wollen Sie hoch hinaus? Sind Sie unten und wollen ganz nach oben? Wollen Sie sich aussichtsreich positionieren? Oder sind Sie vielleicht schon in einer höheren Position? Auch wenn Sie eher bodenständig sind oder sogar unter Höhenangst leiden, müssen Sie sich mit Leitern befassen. Leitern ist der Plural von Leiter und kommt in der männlichen und der weiblichen Form vor. Um männliche Leiter handelt es sich immer, wenn man *der Leiter* sagt, und bezeichnet damit eine Person in leitender, also höherer, Position. Wenn man hingegen *die Leiter* sagt, ist damit ein Hilfsmittel gemeint, mit dem eine Person in eine höhere Position gelangen kann. Neben den persönlichen Leitern gibt es noch die elektrischen Leiter. Da unterscheidet man wiederum die guten, die schlechten und die Nichtleiter. Ein Sonderfall ist der Blitzableiter. Diese Form des Leiters weist zwar in die Höhe, soll den Strom jedoch in die Tiefe leiten. Mit den Leitern ist das gar nicht so einfach. Zum Beispiel kommt der Leiter durchaus auch in einer weiblichen Form vor. Dann heißt sie die Leiterin. Das gilt jedoch nicht für die elektrischen Leiter. Von denen ist bis heute keine weibliche Form bekannt. Aber selbst eine typisch weibliche Leiter wird in einer männlichen Form benannt, etwa der Eileiter. Weder in persönlicher, noch materieller Form existiert die Karriereleiter. Sie wurde noch an keinem Ort dieser Welt gesichtet. Dennoch gibt es sehr viele Personen, die davon überzeugt sind, auf ihr bis zur obersten Sprosse vorgedrungen zu sein. In der Vergangenheit galt das vorwiegend für männliche Leiter, doch inzwischen konnten sich auch viele weiblichen Personen auf die Aussichtsplattform retten. Nein, mit der Rettungsleitstelle hat das nichts zu tun. Wie man sich denken kann, leitet der Abteilungsleiter eine Abteilung, der Betriebsleiter einen Betrieb und der Chorleiter einen Chor. Im Gegensatz zu den anderen ist der Chorleiter jedoch nicht die Karriereleiter, sondern die Tonleiter heraufgestiegen. Für die Leiter von kirchlichen Einrichtungen gibt es noch eine Sonderform: die Jakobsleiter. Leitthema für alle ist: Wer oben steht, fühlt sich für die Chefposition berufen. Von der Höhenluft elektrisiert ist er von sich selbst überzeugt. Für ihn gilt: *„Ich leite, also bin ich.“* Manchmal frage ich mich, ob die Leiter tatsächlich immer die Leitung haben. Also, was macht den Leiter zum Leiter? Sie haben etwas, was sie leitet, z. B. einen Plan. Wer den Plan hat, hat den Überblick. Der hat immer eine Idee, wie es weiter geht. Nach oben – versteht sich! Der Plan ist schon das Werk. Der Plan macht den Planer zum Leiter. Mit dem Leiter geht' aufwärts. Und zwar für alle!

Leiter müssen wichtige Entscheidungen treffen und den Laden am Leben halten. Die von ihnen geleiteten Mitarbeiter sollen umsetzen, was sich die Leiter ausgedacht und geplant haben. Da die leitende Position schon besetzt ist, können die Mitarbeiter diese Position nicht erreichen. Sie können höchstens noch die Hühnerleiter herrauflaufen. Um sie in die richtige Richtung zu leiten, werden den Mitarbeiter die Leitbilder gezeigt. Doch was passiert, wenn der Leiter mal nicht da ist? Dann läuft der Laden einfach weiter. Wenn er dann zurückkommt, sieht er, dass es auch ohne ihn gegangen ist. Und zwar ganz gut. Wenn die Mitarbeiter die Anweisungen des Leiters nicht befolgt haben, weist das dann auf eine Leitungsstörung hin? Haben die Mitarbeiter nur einen schlechten Leiter? Vielleicht sollte er jetzt verstehen, dass der Laden gar nicht so läuft, wie es sein Plan vorsieht. Es gibt also Leute in der Abteilung, die ihr Eigenleben führen. Weil es so, wie sie es machen sollen, gar nicht geht. *„Das kann nicht klappen",* sagen die Praktiker. Den Plan des Leiters halten sie für eine Umleitung. Deshalb leiten sie die Angelegenheit in die richtigen Bahnen. Der Leiter leitet sofort die konsequente Umsetzung seiner Pläne ein. Um seinen Ärger abzuleiten braucht der Leiter einen Blitzableiter. Vielleicht leitet der Leiter von seinen Beobachtungen den Gedanken ab: Wenn die Katze aus dem Haus ist, tanzen die Mäuse auf den Tischen herum. Dann lässt er sich auch noch zu einem Wutausbruch verleiten:

„Das ihrs nur wisst: Bei mir nicht! Hier leite ich. Ich bin der Leiter. Ich leite, also bin ich. Merkt euch das! Ihr habt das zu machen, was ich will, und zwar so, wie

ich es will. Ich habe den Plan, und der ist gut so, Punkt. Keine Widerrede! Es wird gegessen, was ich, dein Leiter dir auf den Tisch knalle. Und zwar alles. Ob es dir schmeckt oder nicht."

Ja, jetzt hat er es denen aber mal ordentlich gezeigt, Bravo! Die erschrockenen Arbeiter und Angestellten bestätigen ihn als ihren Leiter und führen ihre Arbeit wieder auf die gewünschte Umleitung. Für eine Weile arbeiten sie so, wie es von ihnen verlangt wird. Doch wenn sie ihn wieder im Büro verschwinden sehen, heben sie die Umleitung wieder auf und machen es so weiter wie sonst. Denn sie wissen, dass nur so der Laden richtig läuft. Ihre eigene Aufgabe leiten sie von der Notwendigkeit ab, die tollen – zuweilen auch tolldreisten – Ideen ihres Chefs gewissermaßen in die Praxistauglichkeit zu übersetzen. Und das erfordert oftmals eine hohe Kunstfertigkeit und einen praktischen Verstand. Das höhere Gehalt bekommt der Leiter für seinen guten Plan. Selbst wenn der Plan auch zu Recht als Luftschloss bezeichnet werden müsste, sorgen die Mitarbeiter dafür, dass die Angelegenheit wie eine Stehleiter standfest ist und am Ende sogar eine passable Realität zustande kommt. Und wenn's brennt, wenn die Sache nicht mehr zu retten ist, kennen sie die Feuerleiter. Sie selbst sind die Rettungsleitstelle. Und ganz dreiste Leiter lassen sich dafür feiern, dass Sie den kühnen Plan so meisterhaft verwirklicht haben. In Wirklichkeit haben sie aus ihrer hohen Position heraus ihr Luftschloss geleitet. Ich frage mich, ob da die Leiter nicht eher als Nichtleiter zu bezeichnen wären und die mitarbeitenden Nichtleiter die besseren, sprich die guten Leiter sind. Solche Leiter merken das meist gar nicht, weil sie einfach auf der Leitung stehen. Sie haben ja auch eine so lange Leitung, dass ihre Strickleiter, die sie ab und zu herablassen, in der Luft hängt und gar nicht mehr bis zum Boden reicht.

Manche Leiter wollen andere leiten, ohne sie zu kennen. Es gibt in ihrer Abteilung zwar viele brav funktionierende Mitarbeiter, die den Leiter als ihren Leithammel akzeptieren. Und dann gibt es auch ein paar Abteilungspersönlichkeiten, die den Ton angeben. An die kommt kein Leiter vorbei. Wenn diesen Abteilungspersönlichkeiten etwas nicht passt, leiten sie jederzeit die Angelegenheit in eine Umleitung, einen Stau oder in die Totalblockade. Erst wenn ihre Wünsche respektiert werden, läuft der Laden wieder wie geschmiert. Ich frage mich, wer hier das Sagen hat! Wer ist hier der Leiter? Ist die einflussreichste Abteilungspersönlchkeit eine, ihrem Chef zugeneigte, weibliche Person, dann fragen sich die anderen: *„Wer da wohl die Hosen anhat?"* Und jeder glaubt, die Antwort zu wissen, die da lautet: *„Hier leitet Madame!"* Auch Leiter können sich verleiten lassen. Äußerlich wollen sie führen, aber innerlich lassen sie sich verführen. So geht es manch einem Chef.

Er lässt sich zu Wutausbrüchen und anderen Gelüsten verleiten. All diese Fehlleitungen des Chefs werden sogleich in die betriebliche Gerüchteküche gebracht und gesalzen und gepfeffert weitergeleitet. Und postwendend bekommt die Leitung das Ganze aufgetischt. Von der obersten Leitung. Frisch serviert, aber nicht auf dem Silbertablett. Wenn's ganz schlimm kommt, ist der alte Leiter ganz schnell abserviert. Dann übernimmt ein Neuer die Leitung. Ein Leiter ist jemand, der auf der Karriereleiter höher steht, als alle anderen. Doch das kann sich ändern. Jederzeit. Manchmal geht das schneller, als es dem Leiter lieb ist. Ganz einfach durch einen wohlgeleiteten Tritt von der Leiter. Denn letztlich ist auch die Karriereleiter nur eine Trittleiter. Viele die den Weg eines Leiters gehen, bedenken einfach nicht, dass die Karriereleiter nicht nur steil nach oben führt. Es geht auf der anderen Seite genauso steil wieder hinab. Dann muss die alte Leitung abtreten, sprich: Von der Karriereleiter zurücktreten. Der Streit darum, wer oben und wer unten sein darf, ist wohl schon so alt wie die Menschheit. Wer oben ist, muss die Kunst beherrschen, oben zu bleiben. Denn runter kommen sie alle. Das passiert, wenn eine Abteilungspersönlichkeit, erst heimlich und bald ganz offen, die Leitung übernimmt. Wenn die leitende Persönlichkeit die Sache nicht mehr im Griff hat, haben andere sie bald im Griff. Die Karriereleiter entpuppt sich all zu oft als

Räuberleiter. Wie war das noch? Ich leite, also bin ich? Das bedeutet auch: Ich leite nicht, also bin ich weg vom Fenster. Ich bin, also leite ich. Ich bin der, der leitet. Ich leite, weil *ich* bin. Ohne innere Führung ist die äußere Führung auf Dauer nicht zu halten. Die innerbetriebliche Leitung setzt voraus, dass Ihr Ich die innerpersönliche Leitung hat. Mit einem Wort: Selbstbeherrschung. Die Abteilungspersönlichkeiten im inneren Ihrer Person heißen Teilpersönlichkeiten. Dort im Inneren können Sie keine Karriereleiter hochsteigen. Da können Sie eher absteigen, in die nicht enden wollenden Tiefen Ihres Seelenlebens. Wer leiten will, muss selbst da Licht hinein bringen und alle Ecken ausleuchten. Wer äußerlich in seinem Berufsleben im grellen Scheinwerferlicht steht, und in seinem Seelenleben völlig im Dustern tappt, lässt sich leicht von finsteren Beweggründen leiten. Und die führen dann in die Irre. Ein fehlgeleiteter Leiter leitet genauso gut wie ein Nichtleiter. Eine Person, der die Ichstärke fehlt, ihre Teilpersönlichkeiten zu leiten, ist bald nicht mehr in der Lage, selbst als Leiter aufzutreten. Ein aufgeräumter Haushalt – im äußeren, wie auch im inneren – kann Sie sicher durchs Leben leiten. Am besten, Sie folgen dem Leitspruch:

„Auf diese Steine können Sie bauen.
Dieser Leiter können Sie trauen,
da kann Sie niemand vertreiben:
Sie können immer oben bleiben!"

Ich lese, also bin ich?

Heilkunst und Farbenpracht©

Norbert Wickbold
Denkzettel Nr. 47

Ich lese, also bin ich?

Bisher war ich felsenfest davon überzeugt, dass Lesen auf jeden Fall zum Denken anregen würde, ja ohne Denken überhaupt nicht möglich sei. Nur dem Lesenden erschließt sich die Welt. Sowohl die Äußere, als auch die Innere. Von mir selbst behaupte ich, dass ich erst durch das Lesen erwachsen geworden bin. Mit zehn Jahren meldete ich mich in unserer Bücherei an. Die nette Dame dort zeigte mir sogleich die Regale mit den Kinderbüchern. Doch ich wollte davon nichts wissen. Mich interessierten die Abteilungen für die Erwachsenen mit den wissenschaftlichen und technischen Büchern. Seither verbrachte ich Stunde um Stunde in unzähligen Leseecken, Büchereien, Buchhandlungen und Lesesesseln. Von jedem Antiquariat wurde ich magisch angezogen, denn es wirkte auf mich wie eine Art Wunderland. Die dort schlummernden Schätze mussten lesend geborgen und aus einer geheimnisvollen Vergangenheit in die Gegenwart gerettet werden. Und sie sollten in mein Bewusstsein gelangen und meinen Wissensschatz bereichern. Habe ich das richtige Buch vor der Nase, kann ich mich darin ganz verlieren, um mich dann erst richtig zu finden. Lesend erkenne ich die Welt und vor allem mich selbst:

„Ich lese, also bin ich."

Menschen, die viel lesen sind eine besondere Sorte Mäuse. Sie werden deshalb als Leseratten bezeichnet. Seitdem ich das weiß, lässt mir eine Frage keine Ruhe:

„Fressen Leseratten eigentlich auch die viel zitierten Bücherwürmer, die in Wirklichkeit noch niemand gesehen hat? Oder verschlingen sie die Bücher so langsam, dass diese genug Zeit finden, sich woanders einzunisten?"

Aufgrund der immer wieder heraufbeschworenen Revolution des Lesens erübrigt es sich vielleicht bald, dieser Frage nachzugehen. Denn während früher Leseratten daran zu erkennen waren, dass sie ihren fadengleichen Schwanz zwischen den Seiten einklemmten, damit dieser weithin sichtbar rot herausleuchte, um so das nahtlose Weiterlesen zu ermöglichen, werden heute schwanzlose Mäuse durch die Welt, den Kosmos und wieder zurückgeschickt. Während ich damals in der Schule noch überall den Spruch zu lesen bekam: *»Wer das liest, ist blöd«*, hieß es später über die Unbelesenen: *»Dumm geboren und nichts dazu gelernt!«* Doch das Bildungsbürgertum, also diejenigen, die lange Zeit als die Klassiker der Belesenheit galten, lassen sich noch heute verzaubern, von einem literarischen wie musikalischen Meisterwerk. Als kulturell Belesene zitieren sie daraus gerne: *»Das Schreiben und das Lesen sind nie mein Fach gewesen.«* Doch wer will das heutzutage noch wissen? Andererseits kann man heute überall auf Einkaufstüten und T-Shirts, ausgehend von einigen Buchhandlungen – den Spruch lesen: *»Lesen gefährdet die Dummheit.«* Ich selbst bin, wie schon gesagt, mit der Vorstellung, dass Lesen der beste Weg sei, um schlauer zu werden, groß und erwachsen geworden. Als notorischer Vielleser habe ich mir im Laufe meines Lebens ein gehöriges Wissen über mich selbst, über Gott und die Welt angeeignet. Und nebenbei bemerkt verfüge ich über eine umfangreiche Privatbibliothek, in die ich immer wieder neue Bände einstelle, die irgendwie mit meinem Leben zu tun haben könnten.

Heute, in Zeiten des Internets leben viele Zeitgenossen eher im Netz, als in der Wirklichkeit. Sie stellen ihr Leben ins Netz, damit alle daran teilhaben können. Nein, sie *sollen* daran teilhaben. Der alte Spruch: »*Wer das liest, ist blöd!*«, war nicht nett. Inzwischen ist das anders. Es ist ganz und gar inter-nett. Und so gilt eher der Spruch: »*Wer das nicht liest, ist blöd!*« Für alle, die sich darauf einlassen, bedeutet das: Nur es wenn möglichst viele lesen, bin ich. »*Ihr lest das, also bin ich.*« Auch da hängt die eigene Daseinsberechtigung vom Lesen ab. Nur hier ist es das Lesen der anderen. Um überhaupt zu sein, muss ich ständig Lesefutter ins Netz stellen. So gilt heute mehr denn je der alte Spruch: »*Wer schreibt, der bleibt.*«

Für eine alteingesessene Leseratte, wie ich es bin, geht nichts über ein Buch, dass ich selbst in den Händen halten, in dessen Seiten ich blättern kann. Um es als Belesener mit Goethe zu sagen: »*Denn was man schwarz auf weiss besitzt, kann man getrost nach Hause tragen.* [1]«

1 Johann Wolfgang von Goethe, aus Faust 1

75

Während früher noch wehmütig gesungen wurde: *»Wär' ich ein Buch zum Lesen...«* [2], kann heute fast jeder im Gesicht eines jeden anderen, wie in einem Buch lesen. Zwar hat sich die Bezeichnung *Gesichtsbuch* nicht durchgesetzt, dafür aber die neudeutsche Version davon. Neulich gab es eine etwas außergewöhnliche Demonstration. Da gingen lauter Kinder auf die Straße. Sie wurden angeführt von einem Siebenjährigen. Der Appell an die Eltern war klar und unmissverständlich: Lest endlich nicht nur im *Facebook* auf euren Geräten, sondern wendet euch uns zu, euren Kindern. Lest nicht nur in fremden, sondern in den Gesichtern eurer eigenen Kinder. Spielt mit uns und lest uns was vor!

Lesen, so glaubte ich bisher, diene der geistigen Fortentwicklung, bzw. Fortbildung. Spätestens seit Erscheinen des Buches: *»Digitale Demenz«* [3] scheint – zumindest mir – klar zu sein, dass auch das Gegenteil möglich ist. Dank digital gestützten Lesens ist es inzwischen auch möglich, der eigenen geistigen Rückbildung Vorschub zu leisten. Offenbar gelingt es immer mehr Menschen, zu lesen, ohne notwendigerweise auch zu denken.

Apropos Buch. Kennen Sie die Dinger noch? Dicke Bücher, die nur Kleingedrucktes enthalten. Lange Zeit hieß es: Wissen ist Macht. So umfassten diese Werke das ganze Wissen ihrer Zeit. Sie bestanden oft aus ei-

2 Daliah Lavi, 1973
3 Manfred Spitzer, 2012

ner ganzen Reihe von Bänden. Wer in unseren Tagen etwas wissen will, eignet sich dieses nicht mehr selbst an oder schafft sich durch schwere Wälzer, eben Lexika, sondern schaut mal eben schnell bei Wiki nach. Frei von jeder eigenen Denkaktivität lässt sich da im Wissen anderer lesen. Als Belesener der alten Schule schlage ich beim guten alten Herrn Goethe nach und finde dazu:

»Das Pergament, ist das der heilige Bronnen,
woraus ein Trunk den Durst auf ewig stillt?
Erquickung hast du nicht gewonnen,
wenn sie dir nicht aus eigner Seele quillt.« [4]

Das Pergament heißt heute Internet. Aber es macht nicht schlau. Auch Goethe rät uns heutigen: Selber lesen macht schlau. Und selbst denken natürlich! Wer das Gelesene innerlich verarbeitet und es sich so zu eigen macht, der kann gedanklich wie seelisch, bereichert werden. Lesen ist und bleibt ein aktiver Vorgang. Wissen und Informationen lassen sich nun mal nicht passiv konsumieren. Oder doch? Noch ist nicht alles verloren, denn noch werden große Mengen Bücher gekauft. Bei Fernsehsendungen spricht man von der Einschaltquote, bei Internet-Seiten von der Aufrufquote, aber bei Büchern bestenfalls von den Verkaufszahlen. Konsequenterweise müsste man von einer Aufklappquote sprechen, die erfasst, wie viele Bücher nicht nur gekauft, und ins Regal gestellt, sondern auch tatsächlich gelesen werden.

4 Johann Wolfgang von Goethe, aus Faust 1

Wie schon beim Denken zu beobachten war, so gibt es auch, was das Lesen betrifft, bei vielen Zeitgenossen das Bedürfnis, das dieses möglichst mühelos zu bewerkstelligen sei. In diesem Zusammenhang lässt sich der Spruch aus der Schule auch noch anders schreiben: *„Wer blöd ist, liest das!"* Für den eben beschriebenen Personenkreis gibt es eine überaus beliebte Zeitung, für die unter den Vielbelesenen wiederum die Betitelung als *»Blödzeitung«* weit verbreitet ist. Diese viellesenden Kritiker bezweifeln sogar, dass selbst ein noch so intensives Betrachten dieser Zeitung als Lesen zu bezeichnen sei. Immerhin ist auch dafür ein minimaler Wortschatz erforderlich. Im Gegensatz zu anderen Zeitungen, wo der Leser Zeile für Zeile abscannt und sich ihm dadurch allmählich der Sinn des Textes erschließt, lässt sich hier der gesamte Inhalt mit einem Blick erfassen. Vereinfacht gesagt, wird hier eher eine Art Bildsprache verwendet. Der Leser, wenn er denn als solcher zu bezeichnen ist, wird nicht mit neuen, womöglich abstrakten Begriffen überfordert, sondern bekommt täglich sein Lesefutter in leicht verdaulichen, kleinen, oftmals schon vorgekauten Portionen dargeboten. Mich erinnert das an mein Lesefutter aus frühesten Schulkindertagen. Mein erster Satz, den ich lesen lernte, lautete: *»Tut, tut, tut ein Auto!«* Um es den Konsumenten besagter Zeitung so einfach wie möglich zu machen, wird diese Lesen-für-Anfänger-Form wenig abgewandelt in Kurzsätze wie: *„Piep, piep, piep ein Vogel"* oder *„Guck, guck, guck ein Blödmann!"* Im

Gegensatz zu uns Kindern, glauben diese Leser das, was da steht allen Ernstes. Wenn sie auch nicht gerade als Leseratten zu bezeichnen sind, löst diese Zeitung in ihnen offenbar einen Lesehunger aus, der sie jeden Tag aufs neue zu diesem Blatt greifen lässt. Es gibt da einen gewissen Wiedererkennungseffekt. Wer sich einmal darauf eingelassen hat, erkennt Tag für Tag das wieder, was er sowie schon zu wissen glaubt. So gilt hier mehr denn je der Spruch: »*Man liest nur, was man weiß.*« Und steht da auch der größte Sch... Scheinbar ist es das, was am besten ankommt. Kann Lesen möglicherweise auch die Dummheit fördern? Ich wäre dafür, für derartiges Lesefutter, ähnlich wie bei Zigaretten, Warnhinweise einzuführen. Die könnten etwa lauten: *„Das Lesen dieser Zeitung führt zur totalen Verblödung!“* Und das müsste ganz fett gedruckt werden. Aber, würde das überhaupt etwas nützen? Schließlich ist in dieser Zeitung sowieso schon alles fett gedruckt. Und mit Kleingedrucktem können Leser dieser Zeitung gar nichts anfangen. Würde dieses Blatt verboten, käme das einem totalen Flugverbot für geistige Tiefflieger gleich. *„Ich lese, also bin ich!“* kommt immer mehr aus der Mode. Und selbst auf den Satz: »*Dumm geboren und nichts dazu gelernt!*« folgt die lapidare Antwort: Das brauch ich nicht. Ich komm' auch so ganz gut zurecht! Darauf beiß ich energisch in meinen Bleistift und sage nur:

„Ich glaub' ich fress 'n Besen,
Blödheit gefährdet das Lesen!“

79

Ich lache, also bin ich?

Heilkunst und Farbenpracht©

Norbert Wickbold
Denkzettel Nr. 48

Ich lache, also bin ich?

Neulich hatte ich mich mit Freunden getroffen und führte sie zum Essen aus. Es ging in ein nettes Restaurant, das für gutes Essen bekannt ist. Wir hatten Glück, obwohl es voll war, fanden wir noch einen Platz. Wir freuten uns auf einen gemütlichen Abend, denn wir hatten uns viel zu erzählen. Gleich nachdem wir Platz genommen hatten, ging ein lautes Gelächter durch den Raum. Mein Tischnachbar öffnete den Mund, um mir etwas zu sagen. Sofort schallte uns das nächste Gelächter entgegen. Zunächst dachten wir, hier geht es fröhlich zu. Und jedes Mal, wenn jemand von unserem Tisch zum Reden ansetzte, wurde es durch ein tierisch lautes Lachen übertönt. Es war der übernächste Tisch, an dem sie saßen: die Lacher. Genauer gesagt: die Dauerlacher. Dort wurde unentwegt gelacht. Am laufenden Band. Unüberhörbar! Als ich genau darauf achtete – und es blieb mir gar nichts anderes übrig, als das zu tun – erkannte ich, dass es einen Vorlacher gab. Einen, der im wahrsten Sinne des Wortes, den Ton angab. Der lachte immer zuerst, am häufigsten und vor allem am lautesten. Wenn der Vorlacher lachte, dann lachte gleich darauf die ganze Gruppe. Obwohl ich selbst mit meinen Freunden in einiger Entfernung zu den Lachern saß, hatte ich keine Chance irgendeinen meiner Gesprächspartner zu verstehen. Die Lacher, ich meine jetzt die Mitlacher, wussten offenbar immer genau, wann wir die volle Aufmerksamkeit brauchten.

Gerade dann platzen sie wieder lauthals mit ihrem Gelächter rein. Sie wussten immer, wann es was zu Lachen gab. Ein Witz oder Scherz jagte den anderen. Immer kürzer getaktet. Ob allerdings immer alle so schnell verstanden, worüber gerade gelacht wurde? Das war egal, denn dort schien sich jeder zu denken, Hauptsache ich lache mit. Und Hauptsache so laut wie möglich! Goethe musste diese Leute auch schon gekannt haben, als er dichtete:

»Zufrieden jauchzet groß und klein,
hier bin ich Mensch, hier darf ich's sein!« [1]

Ich gebe zu, dass ich mich selbst durchaus sehr wohl fühle, wenn ich einer von denen bin. Wenn ich mich in einer fröhlichen Runde befinde, fühle ich mich wirklich gut. Ganz einfach, weil dann die Lacher auf meiner Seite sind und auch ich zu den Lachern gehöre. Wenn ich auch meistens nur mitlache, so bin ich doch dabei. Und vielleicht gelingt es mir ja ab und zu, selbst der Vorlacher zu sein. Wenn dann alle Augen und Ohren auf mich gerichtet sind, dann weiß ich es ganz sicher: *„Ich lache, also bin ich!",* und zwar etwas ganz besonderes, originelles; und wenn ich die anderen zum Lachen bringe, steh' ich ganz und gar nicht im Abseits. Im Gegenteil. Zumindest für eine Weile stehe ich in solch einer Runde im Rampenlicht. Dann ist für mich das Lachen der anderen wie das Beifallklatschen des Publikums im Theater. Hier kann ich im Theater meines

1 Johann Wolfgang Goethe, aus Faust 1

Lebens selbst auf der Bühne stehen. Letzten Endes ist das Leben ein einziger Witz; da ist es nur gut, wenn ich selbst darüber lachen kann. Wenn ich auch Angst habe, mich dabei lächerlich zu machen, so geb' ich hin und wieder gern den Spaßvogel ab. Hauptsache, ich hab' meinen Spaß. »*Ich will Spaß, ich will Spaß!²*« Dem kann ich nur zustimmen, auch wenn ich nicht Gas geben muss, um Spaß zu haben. Dazu brauch ich kein Gerät, höchstens manchmal einen Lachsack. Wenn ich in meinem grauen Alltag gerade nichts zu Lachen habe, finde ich es ganz nett, wenn ich mich von anderen bespaßen lassen kann.

Jetzt muss ich noch erwähnen, dass es neben den ortsgebundenen Lachern auch Leute gibt, die ich gerne als Gelegenheitslacher bezeichne. Und da gibt es eine große Spannbreite. Angefangen bei denen, die nur gelegentlich mal lachen bis zu jenen, die praktisch bei jeder Gelegenheit lachen. Bei denen weiß ich nie, ob ich ihr Lachen wirklich erst nehmen kann. Wann immer ich ihnen begegne, lachen sie. Sobald jemand in ihrer Nähe ist, fangen sie an zu lachen oder sie setzen ihr freundliches Lächeln auf. Wenn das von Herzen kommt, dann ist das ja in Ordnung. Dann lässt man sich gerne auch zum Lachen anstiften. Solche Menschen, die immer ein herzhaftes Lächeln auf den Lippen haben, die sind einfach überall gerne gesehen.

2 Titel eines Liedes (1982) von Markus Mörl

Kennen Sie auch die Zeitgenossen, die scheinbar niemals lachen? Die haben immer ein ernstes Gesicht. Bei allen Späßen verziehen die keine Miene. Wie die Prinzessin, die nicht Lachen konnte, behalten sie immer ihr grimmiges Gesicht. Genervt von der Stränge dieser Spaßverderber fragen sich die anderen: »*Wer hat dem nur was in den Kaffee getan?*«, und sagen sich lapidar, »*Man wird doch wohl noch Spaß machen dürfen!*« Nein, bei dem nicht. Der versteht ganz und gar nicht, was die anderen von ihm wollen, denn er hat scheinbar das Gedicht von Wilhelm Busch sehr ernst genommen:

> »*Ich dahingegen, der ich sitze*
> *auf der Betrachtung höchster Spitze,*
> *weit über allem Was und Wie,*
> *ich bin für mich und lache nie.*«[3]

Es wird spekuliert, dass sie zum Lachen in den Keller gehen würden. Und das müssen sie auch. Heimlich, wenn keiner etwas merkt, schleichen sie sich davon. Im Keller haben sie eine ganze Heimwerkstatt. Dort stellen sie all ihre Maschinen an. Und wenn die anderen den Krach hören, und denken, sie arbeiten ganz fleißig, dann lachen sie so laut, dass sich jeder freuen würde. Aber der Maschinenkrach übertönt alles. Dann lachen sie all ihre Schadenfreude heraus. Und wenn sie fertig sind, kommen sie aus den dunklen Räumen ihres See-

3 aus: Wilhelm Busch, Zu guter Letzt (1904). S. 79
   Der Philosoph

lengebäudes mit gewohnt ernster Mine zu den anderen herauf. Insgeheim denken sie vielleicht für sich: »*Wer zuletzt lacht, lacht am besten!*« Doch das heben sie sich für später auf. Für den großen Augenblick. Zu dem es irgendwann kommen wird. Bis dahin müssen wir weiter auf ihr Lachen warten. Wahrscheinlich, werden wir den Tag nie erleben. Vielleicht ist es auch besser so, denn dann würde uns das Lachen wohl schnell vergehen! Das Lachen würde uns im Halse stecken bleiben. Bis dahin können wir noch lachen. Und das tun wir auch. Ich lass mir jedenfalls das Lachen nicht verbieten, denn für mich gilt nach wie vor: *„Ich lache, also bin ich!"* Lachen Sie doch einfach mit! Es ist gar nicht so schwer. Ich geh' zum Lachen nicht in den Keller, sondern in die Kneipe oder in die Kantine. Ich brauche zum Lachen auch keine Anregung von außen, etwa durch das Fernsehen oder durch einen Komiker. Ich selbst bin sicher kein Komiker, aber ich will mich zum Lachen nicht verstecken, sondern mich der breiten Masse fröhlich präsentieren. Denn ich will von aller Welt gesehen, und vor allem gehört werden! Und das ohne das übliche herumkaspern. Im Grunde genommen wünsche ich mir, dass die Welt ein bisschen fröhlicher wird. Ich habe eine Mission und die lautet: Lachen wider den tierischen Ernst. Das Leben ist doch schon ernst genug. Was nützt es, wenn man mit finsterer Miene dasitzt und sich nur grämt. Ich glaube, Sie halten mich auch für einen

Narren, aber ich will Ihnen mal was sagen. Wenn jeder die Dinge nur verbissen und tierisch ernst nimmt, wird dann die Welt jemals besser? Nein. Man verbeißt sich in den Schlechtigkeiten, es geht einem selbst immer schlechter und man wird ganz krank dabei. Es wird viel zu wenig gelacht. Ja, man könnte durchaus verzweifeln über all den Blödsinn, den die Menschen heutzutage verzapfen. Aber warum? Wem nützt das, wenn wir alle verzweifeln? Wie heißt es in dem Lied? »*Allways look on the brightside of life.*«[4] Schau immer auf die Sonnenseite des Lebens. Du wirst sehen, dann stehst du auch auf der Sonnenseite des Lebens. Meistens. Auf jeden Fall öfter, als wenn du nur das Negative betrachtest. Seitdem ich das herausgefunden habe, lache ich so gern. Lachen Sie doch auch mit! Lachen ist nämlich ansteckend. Dann kommen immer mehr dazu, die mit uns lachen. Das wäre doch gelacht, wenn das nicht klappen würde. Allen Ärgernissen zum Trotz, sagen wir uns einfach: Humor ist die beste Medizin! Und die gibt es ganz umsonst. Inzwischen kann ich sogar über mich selbst lachen. Und wer das kann, der kann auch über die Welt lachen. Meistens braucht er das dann nicht mehr. Wie viele Menschen machen sich über andere lustig. Aber wenn es sie selbst betrifft, können sie keinen Spaß vertragen. Über sich selbst können sie nicht lachen. Und anderen gestatten sie das erst recht nicht.

4 Monty Python: Monty Python Sings (1989)

Stattdessen üben sie sich in Schadenfreude. Sie freuen sich, wenn anderen ein Missgeschick passiert. Und nicht nur bei einem Unglück hört man sie hämisch und schadenfroh lachen. Sie scheinen sich selbst aufzuwerten, indem sie andere abwerten und lächerlich machen. In dieser Hinsicht entwickeln sie sich schnell zu wahren Possenreißern. Und alle lachen mit. Nur eben nicht die, die gerade durch den Kakao gezogen werden. All diesen Leuten möchte ich so gerne den Eulenspiegel vor's Gesicht halten und mit ihnen mal über ihre und mal über meine eigenen Dummheiten lachen. So ganz von Herzen. Lachen kann nicht von außen kommen. Dann ist es nur aufgesetzt oder eine Art Fremdlachen. Das Lachen muss uns wieder zu uns selbst führen. Und hier kommt mein 10-Punkteprogramm für das Lachen:

1. Lachen muss von innen kommen.

2. Lachen aus einem frohen Herzen.

3. Lachen, dass du dir den Bauch halten musst.

4. Lachen, und zwar mit Haut und Haaren.

5. Lachen hält dir Leib und Seele gesund.

6. Lachen, um die Welt auch mal zu vergessen.

7. Lachen macht auch große Sorgen kleiner.

8. Lachen, um wieder zur Besinnung zu kommen.

9. Lachen ist die beste Form der Selbstfindung.

10. Lache, und du weißt, wer du wirklich bist!

Ich liebe, also bin ich?

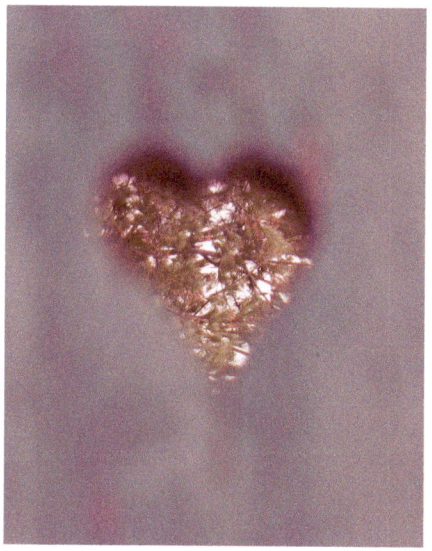

Heilkunst und Farbenpracht©

Norbert Wickbold
Denkzettel Nr. 49

Ich liebe, also bin ich?

Es heißt doch immer: *»Das Größte aber ist die Liebe!«* Ja, und irgendwann wollte ich es einfach mal wissen: Wann kam die Liebe ins Spiel? Die Frage beschäftigt mich, weil meine Mutter, sobald sie in der Küche war, das Radio laufen ließ und mir ein Schlager nicht mehr aus dem Kopf ging: *»Die Liebe ist ein seltsames Spiel.[1]«* Seit frühester Kindheit sage ich *»Der liebe Gott.«* Und es heißt: *»Suchet, und ihr werdet finden!«* Und ich habe gefunden. Ja, wirklich. Ich habe nämlich – manchmal zumindest – einen heißen Draht nach oben. Und die Antwort hängt natürlich mit der Liebe zusammen. Die Antwort kam Stück für Stück. Dazu muss ich ganz von vorne anfangen. Bei Null. Bei der Erschaffung der Welt. Auch wenn die Erschaffung der Liebe da gar nicht erwähnt wird, ist sie da – von Anfang an! Gott schuf die Erde, den Himmel, den Tag, die Nacht, das Land und das Meer, die Gestirne, die Luft und schließlich alle Pflanzen und Tiere. Und dann schuf er *die* Menschen, gebot ihnen fruchtbar zu sein, sich zu mehren und die Erde zu füllen, auf die er sie gesetzt hatte. Gott schuf *die* Menschen nach seinem Bilde. Und zwar als Mann und Frau. Und dann – oder außerdem? – schuf Gott *den* Menschen namens Adam. Und *den* Menschen setzte er in den Garten Eden. Nachdem die Schöpfung abgeschlossen war, sollte der von ihm geschaffene Mensch alle Geschöpfe beim Namen nennen. Pflanzen

1 Conny Francis, 1964

93

und Tiere sollten einen eigenen Namen bekommen. Natürlich war es Adam dabei aufgefallen, dass es von jeder Tierart zwei Formen gab. Eben eine Männliche und eine Weibliche. Wie Gottvater selbst wohl weder männlich noch weiblich oder eben beides gleichermaßen ist, hat er auch *den* Menschen, eben den Adam, in dieser Weise gemacht. Als Adam sah, wie viel Spaß die Tiere miteinander hatten, fühlte er sich bald ganz allein gelassen. So schnitt ihm der Vater aus einer Rippe eine Frau. Bis heute sagen alleinstehende Junggesellen, wenn sie keine Frau finden können: *„Ich kann mir doch keine aus den Rippen schneiden!"* Der Vater konnte das schon, aber das tat er nur ein einziges Mal. Danach nie wieder. Jedenfalls waren Adam und seine neue Frau Eva, wie man heute sagen würde, aus einem Holz geschnitzt. In dem Fall aus einem Knochen, eben aus Adams Rippe. Die Rippe fehlt dem Mann bis heute nicht, aber wenn er die passende Frau nicht findet, dann fehlt ihm was. Mit dieser Geschlechtertrennung begann bei den Menschen die Sehnsucht danach, wieder eins zu werden, weil sie ja ursprünglich mal zusammen gehörten. Wenn Adam die Rippe anschließend gar nicht fehlte, dann ergeben sich ganz neue, vielleicht noch nie gestellte Fragen: Wieso hat der liebe Gott Adam von vornherein mit einer überzähligen Rippe gefertigt? Oder war das Teil der göttlichen Performance, dass er ihm später aus dieser Rippe eine Frau herbeizaubert? Auf jeden Fall muss die Rippe direkt über Adams Herzen gelegen haben. Dadurch hat sich bei ihm das Herz für seine Frau geöffnet. Bis heute spüren wir die Verbundenheit von Liebe und Herz. Liebe muss vom Herzen kommen, sonst ist es keine wahre Liebe. Da höre ich wieder den alten Schlager und merke, wie alt der wirklich ist:

»Die Liebe ist ein seltsames Spiel,
sie kommt und geht von einem zum andern.«

Hatte Adam vor der Erschaffung Evas einzig und allein seinen Schöpfer geliebt, so liebt er nun Eva. An dieser Stelle kommt die Schöpfungsgeschichte zu der Erkenntnis, dass ein Mann Vater und Mutter verlassen wird, um einer Frau ganz nah zu sein. Und beide sehnen sich danach (wieder) eins zu sein. Deshalb stimmt es gar nicht, dass Adam und Eva aus dem Paradies vertrieben wurden, weil sie gesündigt hätten. Vielmehr hatte es die beiden genervt, dass sie nie ungestört sein konnten. Kaum hatten sie sich in eine Liebeslaube zurückgezogen, kam ein Affe, ein Rindvieh oder sonst wer. Auch der Vater ließ sie nicht in Ruhe. Bis sie die Idee hatten, den Cherubim zu beauftragen, den Eingang zu ihrer Liebesinsel zu bewachen, um ungebetene Gäste abzuhalten. Als der Vater sie nach langem Suchen doch fand, beichteten sie ihm, dass sie inzwischen um ihre Nacktheit wussten. Der Herr wusste natürlich, was daraus folgt. Die beiden ahnten jedoch noch nicht, dass sie neun Monate später Zuwachs bekommen würden.

Es war das erste Kind von Adam und Eva. Die paradiesische Zeit war vorbei. Das geht auch heutigen jungen Eltern so. Doch wenn die Liebe fruchtet, wird alles anders. Die Freude ist groß. Und die Liebe! Ja, die Liebe. So heißt es in dem alten Lied:

»Die Zukunft schien uns beiden sonnenklar...
bis alles plötzlich so verändert war.
Die Liebe ist ein seltsames Spiel.«

Das Buch der Bücher schildert nichts von der Liebe der Eltern zu ihrem Kind. Nichts von der Liebe, die sie beide verband. Ausführlich beschreibt es, wie der erste von Eva, der Urmutter, geborene Mensch seinen Bruder erschlug. Und wie die ersten Menschen eine Sünde begangen, indem sie von der verbotenen Frucht der Liebe aßen. Gott war erzürnt über den erkenntnisreichen Apfelbiss, und drohte mit den Worten: Eva soll unter Schmerzen Kinder gebären und Adam soll sein Brot im Schweiße seines Angesichts essen. Dann heißt es, Adam erkannte seine Frau und sie wurde schwanger. War das die Frucht vom Baum der Erkenntnis? Bis heute steht eine Frage unbeantwortet im Raum:

»Kann denn Liebe Sünde sein?«

Die beiden fühlten sich nackt und hilflos und entwickelten das Bedürfnis, selbst Schutz und Geborgenheit zu geben. Erst durch die Nacktheit lernten sie zu lieben. Erst das Erleben und Empfinden von Leere, weckt die Sehnsucht nach Fülle. Erst die Distanz zum anderen, schafft die Anziehungskraft und das Bedürfnis nach Nähe. Und das alte Lied klingt weiter in meinem Ohr:

»Sie nimmt uns alles, doch sie gibt auch viel zu viel.
Die Liebe ist ein seltsames Spiel.«

Ist es nicht die Eifersucht, die angeschlichen kommt, wie eine Schlange und einem hinterrücks in die Fersen beißt? Wer hat die Zwietracht gesät, wo doch Liebe sein sollte? War es wirklich die Schlange? Und warum hat der Vater ihr die Macht gegeben das zu tun? Kein anderes Tier ist namentlich in der Schöpfungsgeschichte erwähnt. Warum sollte die Schlange größeren Einfluss auf die Menschen haben, als Gott selbst? War er eifersüchtig, weil Adam nun Eva mehr liebte, als ihn, seinen Vater? Warum hat Gott die ersten Menschen aus dem Paradies vertrieben und den getriebenen Kain geschont? Hat Kain sich nicht gegen seinen Bruder Abel versündigt? Vom Apfel zum Abel. Hatte der Schöpfer Abel bevorzugt und dadurch Kain gegen seinen Bruder erzürnt und eifersüchtig gemacht? War es Kains verspätete Rache an Gott für die Vertreibung aus dem Paradies? Ohne Schuld war für ihn die Tür zum Garten Eden verschlossen. Adam und Eva handelten in guter Absicht. Kain handelte in böser Absicht. Nein, in dieser Geschichte ist noch lange nicht alles gesagt. Adam und Eva reagierten auf die Anfeindungen gleichmütig. Sie sagten sich:

»Das Größte aber ist die Liebe!«

97

Und als erster Mensch, der vom Vater gezeugt und von der Mutter geboren wurde, verlässt Kain Vater und Mutter, jedoch nicht um einer Frau ganz nah zu sein. Denn er liebt nur sich selbst. So wie er keinen anderen wirklich lieben kann, so kann auch er nicht wirklich geliebt werden. Er bleibt immer ein Getriebener. Er hat sich selbst aus dem Paradies vertrieben. In Wirklichkeit war Kain die verbotene Frucht. Durch die Liebe zwischen Adam und Eva kam Kain in die Welt. Kain war der erste von einer Mutter geborene Mensch. Und nicht Gott, sondern Adam war der Vater! Und so verweigerte Gott ihm die Liebe.

Nein, nicht nur das Böse ist in die Welt der Menschen gekommen, in Form von Eifersucht, Zwietracht, Rache und Mord. Mit keinem Wort wird erwähnt, dass auch das andere in die Welt kam: Die Liebe! Und mit ihr, kamen Zuversicht, Zärtlichkeit, Fürsorge, Geborgenheit, Hoffnung und Glaube. Die uns die urzeitliche Geschichte erzählten waren wohl so sensationssüchtig, dass sie die wichtigere Hälfte der Geschichte vergaßen! Sie haben uns nichts von der vielleicht größten Erkenntnis der Menschheit berichtet: Die Erkenntnis, dass die Liebe das Gute im Menschen weckt! Hätten die Menschen seit Adam und Eva die Liebe nicht gehabt, sie hätten sich längst selbst vernichtet. Nicht obwohl die Bosheit in ihnen wohnt, haben die Menschen überlebt, sondern weil vor allem auch die Liebe in ihnen wohnt. So heißt es von Adam, er sei 930 Jahre alt geworden. Von Eva ist lediglich der sogenannte Sündenfall erwähnt. Wurde sie ebenso alt und blieben die beiden zeitlebens zusammen? Dann dürfte die Ehe gut 900 Jahre gehalten haben! Wie groß muss die Liebe gewesen sein, die sie so lange füreinander empfanden? Gott muss von dieser Liebe beeindruckt gewesen sein, denn er beauftragte die Menschen, es diesen beiden gleich zu tun und verkündete durch Moses das Gesetz:

»Du sollst deinen Nächsten lieben wie dich selbst; ich bin der Herr.« 3. Mose 19. 18

Dies ist eine Forderung Gottes an den Menschen. Doch Liebe lässt sich nicht erzwingen. Auch nicht durch Strafandrohung. Erst durch Jesus hat Gott sich gewandelt vom strafenden zum liebenden Gott. Nicht nur die Menschen sollen sich lieben. Auch Gott selbst, so verkündet er durch Jesus, liebt die Menschen:

»Das ist mein Gebot, dass ihr euch untereinander liebt, wie ich euch liebe.« Johannes 15. 12

Und von Jesus sagte er:

»Dies ist mein lieber Sohn an dem ich Wohlgefallen habe.« Matthäus 3. 17

Hätte er das schon zu Kain gesagt, wäre der Menschheit viel Leid erspart geblieben. Erst durch die Liebe wird der Mensch zum Menschen. Nicht die Sünde, sondern diese Erkenntnis haben wir von Adam und Eva geerbt:

„Ich liebe, also bin ich!"

Ich lebe, also bin ich?

Heilkunst und Farbenpracht©

Norbert Wickbold
Denkzettel Nr. 50

Ich lebe, also bin ich?

Als ich achtzehn Jahre alt wurde, fragte ich mich, was mir in dem, wie eine verschlossene Wundertüte vor mir liegendem Leben, wichtig sein würde. Was wollte ich mit meinem Leben anfangen? Zunächst dachte ich, wichtig sei ein Job, der meinen Neigungen entspricht und mir mein Einkommen sichert, eine schöne Frau, mit der ich eine Familie gründen kann, Freunde, mit denen ich Spaß haben würde und natürlich auch ein gewisses gesellschaftliches Ansehen. Erst später erkannte ich die Wichtigkeit der Gesundheit. Nicht nur, weil ich nicht krank sein wollte, sondern weil ich endlich leben wollte. Diese Vorsätze beschrieben jedoch wenig bis gar nichts von dem, was dann folgte; sie waren für mein tatsächlich gelebtes Leben weitgehend bedeutungslos. In der Realität lebte ich ein Leben, das ich ganz und gar nicht wollte, soweit für diesen Zustand die Bezeichnung Leben überhaupt angemessen war. Jedenfalls glaubte ich, das wirkliche Leben sei überall anders zu finden. Nur bei mir war absolut nichts davon zu sehen, zu spüren oder eben zu erleben! Nein ich musste draußen bleiben. Jahrelang. In diesen Jahren war ich davon überzeugt, mein Leben ganz und gar *nicht* zu leben. Ich konnte nur vom Leben träumen, aber meine Träume zu leben, gelang mir nicht. Nein, mein Leben war bestenfalls ein Überleben. Genaugenommen war das einfach kein Leben. Und einfach war das erst recht nicht. Abends dachte ich: *„Ich bin schon längst tot, ich* *hab' es nur noch nicht gemerkt.*" Dennoch wachte ich allmorgendlich auf und stellte mehr mit Entsetzen als mit Freude fest: *„Ich lebe ja immer noch!"* Wenn ich schon weiterlebe, dachte ich, muss mir Verflixtnochmal etwas einfallen, wie es mit mir und meinem Leben weitergehen kann. So richtig. Damit auch ich ein Leben in vollen Zügen leben kann und endlich nicht immer nur auf Sparflamme oder Notreserve dahinvegetieren muss. Damit andere überhaupt merkten, dass ich noch lebte und deshalb den einen oder anderen Wunsch hegte, musste ich das auch zur Sprache bringen. Mir wurde klar: Als lebendiger Mensch, der ich wohl sein musste, da ich ja nun mal beharrlich weiterlebte, könnte ich doch wenigstens eine lebendige Sprache haben. Seither hat mich das Erstaunen darüber, was ich mithilfe der Sprache alles sagen kann, nicht mehr losgelassen. Weil das mit dem Leben bei mir einfach nicht klappen wollte und ich mir anders nicht zu helfen wusste, sagte ich zum Beispiel: »*Ich denke, also bin ich.*« Doch welchen Nutzen hatte es, mich über mein Denken selbst zu definieren, wenn es niemand bemerkt, dass ich überhaupt lebe, und somit auch keiner irgendetwas davon mitbekommt, dass, bzw. was ich denke. Da ich zeitweise nur noch über wenig Lebensmut verfügte, dachte ich in solchen Situationen: *„Ich könnte ebenso gut auch tot sein."* Und sofort fing ich wieder zu denken an und fragte: Wenn das tatsächlich so ist, kann ich immer noch den-

ken, wenn ich gar nicht mehr bin, also, wenn ich tot bin?
Eigentlich ist das doch paradox. Ich kann sagen: *„Ich
bin lebendig."* Und ich kann – rein sprachlich – sagen:
„Ich bin tot." Das geht natürlich gar nicht. Erstens kann
ich, wenn ich tot bin, diesen Satz weder sagen, noch
denken. Zweitens ist es doch aller Wahrscheinlichkeit
nach so, dass ich, wenn ich nicht mehr lebe, auch nicht
mehr *bin*. Ich *bin* tot, kann ich höchstens sagen, wenn
ich scheintot, also eben nicht wirklich tot bin. Und weil
ich dann – sollte dieser Fall tatsächlich mal eintreten
– auf keinen Fall für Tod erklärt werden will, würde
ich eher sagen: *„Ich lebe noch!"* Nur wenn ich nicht tot
bin, sondern lebendig, kann ich sagen, dass ich tot bin.
Und dann ist das mit Sicherheit unsinnig und stimmt
garantiert nicht. Daraus kann ich ganz klar den Um-
kehrschluss ziehen, der da lautet: *„Ich lebe, also bin ich!"*
Und das Leben kommt noch vor all dem Gerede vom
Denken, Fühlen, Leiden, usw. Leben ist sozusagen die
Grundvoraussetzung oder die Basis von allem anderen.
Es ist jedoch ein großer Unterschied, ob ich nur einfach lebendig bin oder ob ich auch tatsächlich lebe. Ich
finde es seltsam, dass lebendig sein nicht automatisch
bedeutet, zu leben. Leben muss einfach mehr sein, als
nur das nackte Überleben. Es gibt viele Menschen, die
gerne betonen, dass sie richtig leben wollen. Sie wollen
das Leben in vollen Zügen genießen. Leben genießen
heißt für sie, Leben konsumieren: Essen, Trinken, Rau-

chen, Spaß und Sex haben, Fernsehen und Urlaub. Mein Leben bestand keinesfalls aus Fressen, Saufen, Rauchen usw. Und ich lebte dennoch. Leben musste also etwas anderes sein. Denn das, was man passiv konsumieren konnte, war beim besten Willen nicht Bestandteil meines Lebens. Fast nicht.

Heute scheint mir die Tatsache, dass ich lebe, so selbstverständlich zu sein, dass ich das oft gar nicht merke. Und doch muss es in mir einen Sinn geben, der mir sagt: *„Ich lebe noch."* Ich bekomme immer wieder Anfragen von Leuten, die wissen wollen, ob ich denn überhaupt noch lebe, da sie von mir schon seit längerer Zeit kein Lebenszeichen mehr bekommen hätten. Das sind dann Zeiten, in denen ich mich ernsthaft frage: *„Wo finde ich den Sinn meines Lebens?"* Manchmal scheint sich der in ganz kleinen Dingen zu zeigen. Einmal, während meiner fast konsumfreien Zeit, kam ein Freund... Oder sollte ich besser Leidensgenosse zu ihm sagen? Also er kam und ging direkt in meine Küche. Dann machte er die Kühlschranktür auf und fing lauthals an zu lachen. Der Freund lachte so theatralisch, dass ich gleich merkte, dass da irgendetwas nicht stimmen konnte. Er tat so, als hätte er, was mich sehr in Verwunderung versetzte, in dem seit Tagen völlig leeren Kühlschrank noch etwas entdeckt: Eine verhungerte Maus! Derzeit muss ich tatsächlich mit dieser, wenn auch nur vorgestellten, abgemagerten Maus eine gewisse Ähnlichkeit gehabt haben.

Die nur erdachte Maus hätte in diesem Haushalt wirklich nicht überleben können – ich schon!

Deshalb kann ich es beim besten Willen nicht verstehen, dass es heute in Mode gekommen ist, ständig mit einem schwarzen T-Shirt herumzurennen, auf dem ein riesiger Totenkopf abgebildet ist. Und zwar nicht von einer Maus, sondern von einem Menschen! Wollen die nun zeigen, dass sie leben, oder wollen sie uns ihr gefühltes Totsein präsentieren? Haben die vielleicht mal den Spruch gehört: »*Totgesagte leben länger*«, und glauben, dass ihnen das mit dem Totenkopf mehr Lebenskraft verschafft? Die müssen sich nicht ständig ihren Kopf zermartern, wie sie es anstellen können, wenigstens soviel in den Kühlschrank zu bekommen, dass für den nächsten Tag ihr Überleben gesichert ist. Und wie viele Leute tätowieren sich sogar einen Totenkopf in die Haut? Meine tote Maus konnte niemand sehen, außer meinem Freund und mir. Doch wenn dann eines Tages das Leben dieser Tätowierten erloschen sein wird, leuchtet den Überlebenden der Totenkopf umso stärker von der erblassten Haut ihres Freundes entgegen. Doch wem nützt das? Vielleicht ist das ja *die* Möglichkeit, wenn man tot ist zu sagen: „*Ich bin tot.*" Kaum zu glauben, worüber sich manche Menschen die Köpfe zerbrechen, während sie jeden Tag satt zu essen und zu leben haben!

Mich hat diese tote Maus damals wieder zum Leben

erweckt. Oder, anders gesagt, sie hat in mir alle Lebens-
geister wach gerufen. Und in der folgenden Nacht hatte ich tatsächlich von dieser Maus geträumt. Auch da
war mein Freund gekommen und an den Kühlschrank
gegangen. Doch im Traum nahm er die tote Maus heraus, packte die äußerste Schwanzspitze zwischen zwei
Fingern und ließ die regungslose Maus kopfüber vor
meiner Nase herunter baumeln. Dazu donnerte er die
mahnenden Worte:

„Diese Maus hat deinetwegen ihr Leben lassen müssen.
Nun ergreife endlich deines, bevor es zu spät ist!"

Das hat mir tatsächlich die Augen geöffnet. Ich lebe
zwar auch heute nicht wie Gott in Frankreich, aber ich
lebe mein Leben. Inzwischen kann ich mit gutem Gewissen sagen: Das Leben ist eine Lust! Und ich sage es
mit Nietzsche:

»Doch alle Lust will Ewigkeit –
will tiefe, tiefe Ewigkeit!«

Ewig will ich in dieser Lust leben. Ja, das ist Leben. Wie
gut, dass ich angekommen bin. Und ich sage es noch
einmal:

„Ich lebe, also bin ich!"

Endlich! Aber warum muss das lustvolle Leben so endlich sein? Warum wird es so schnell wieder zu einem
leidvollen Leben? Ich stelle mir das Paradies als einen
Lustgarten vor, in dem es sich sorgenfrei leben lässt. Ja,
auch heute noch halte ich das für möglich, wenn ich

mich nicht zu der Erkenntnis verleiten lasse, mein Leben nur als Ackern und Plagen zu sehen. Erst dadurch kommt das Leid in mein Leben. Oft bitteres Leid. Nietzsche hätte vielleicht gedichtet:

„Doch alles Leid will Endlichkeit –
will schnelle, schnelle Endlichkeit!"

Wenn ich mich einmal auf diese Sicht eingelassen habe, wird das leidvolle Leben lang wie ein Rattenschwanz. Oder wenigstens wie ein Mauseschwanz. Dann möchte ich am liebsten ausrufen: Lieber Gott, bereite meinem Leiden bald ein Ende! Aus die Maus! Dann wünschte ich mir, bald mausetot zu sein.

Und sobald es das Leben wieder gut mit mir meint, weil das Leid wie die böse Katze endlich mal aus dem Haus gegangen ist, dann tanze ich wieder quietschlebendig mit den Meinen auf dem reich gedeckten Tisch meines lustvollen Lebens herum. Ja ich tanze mit meiner Maus und singe: Freunde, das Leben ist lebenswert!

„Hör zu, was meine Maus dich lehrt:
Dich im Leid verkriechen ist verkehrt.
Sei immer wachsam, flink und wendig,
nicht mausetot, sondern quietschlebendig!
Dünn wie ein Mauseschwanz ist der Pfad,
zwischen Lust und Leid geht dieser Grat.
Wer ist's, der dich beschwerlich wendet und windet?
Der Pfad auf dem dein wahres Leben stattfindet!"

Die Bücher von Norbert Wickbold

finden Sie auf den folgenden Seiten

Als Jubiläumsausgabe erscheint:

Auszug aus
fünfzig
Denkzetteln

120 x 190 mm,
140 Seiten

Die Denkzettel gehen jetzt in Serie!

50

Tb: € 9,50 (D)

geb: € 17,50 (D)

e-Book: € 2,99 (D)

Denkzettel-Die fünfte Staffel

120 x 190 mm,
120 Seiten

ISBN:
978-7439-2824-4 (Tb.)
978-7439-2825-1 (geb.)
978-7439-2826-8 (e-book)

Geschichten aus dem Paradies

Für alle, die damals nicht dabei waren

Tb: € 11,50 (D)

geb: € 18,50 (D)

*Zehn Reflektionen
zur Schöpfung*

e-Book: € 2,99 (D)

ISBN:
978-3-7323-2611-2 (Tb.)
978-3-7323-2612-9 (geb.)
978-3-7323-2613-6 (e-book)

Der Roman, der zur Quelle führt:

Die Wiederkehr der Morgenlandfahrer

Die Idee der Morgenlandfahrer Hermann Hesses wird hier wieder aufgegriffen und mit hochaktuellen Themen verknüpft: Auf der einen Seite steht eine gigantische, den Globus beherrschende Wirtschaftsmacht und ihr gegenüber befindet sich die entmachtete Gruppe der Vielen. Ein paar Wenige wagen es, um ihr Grundrecht auf sauberes Wasser zu kämpfen und bringen das Machtgefüge der Weltmacht an seine Grenzen. Der Roman:

Die Wiederkehr der Morgenlandfahrer

gibt Hoffnung auf die Kraft von Einzelnen, die ihre innere Quelle gefunden haben. Hier geht es darum, seinem Stern zu folgen und daraus Kraft für die Bewältigung auch sehr schwieriger Aufgaben zu ziehen. Die Reise der Morgenlandfahrer ist eine Reise durch die innere Wüste seiner eigenen Seele. Es ist eine Reise zur inneren Quelle. Sieben Künste weisen den Weg dorthin. Jeder findet seinen eigenen Weg. Der Leser bekommt einen spannenden Roman vorgelegt, der Hoffnung machen will,

dass auch eine globale Bedrohung überwindbar ist. Er kann sich ohne Weiteres in einer der Hauptfiguren wiederfinden und erhält somit schnell einen eigenen Bezug zu Thema und Inhalt des Romans. Und er kann sich auf seinen eigenen Weg zu seiner eigenen Quelle begeben!

336 Seiten **€ 18,50** (D) Tb

ISBN:
978-3-8495-9890-7 (Tb.)
978-3-8495-9891-4 (geb.)
978-3-8495-9892-1 (e-Book)

Die Gedichte und Gedanken:
Was seht ihr denn?
42 Gedichte und Gedanken

Wie viele Gedanken gehen uns durch den Kopf und ziehen sehr schnell wieder weiter? Einige hinterlassen bleibende Spuren, andere geraten bald wieder in Vergessenheit. Neue Ereignisse und neue Gedanken verdrängen unsere Gedanken von gestern.

Einmal inne zu halten! Dies alles von ferne nur zu betrachten. Es aufzuschreiben, um die Gespenster, die in unseren Hirnen spuken, zu vertreiben.

Hier sind sie versammelt:
42 Gedichte und Gedanken aus drei ereignisreichen Jahrzehnten, die tatsächlich in Worte festgehalten und niedergeschrieben wurden. Sie sind manchmal sehr persönlich oder poetisch, mal politisch und manchmal eher philosophisch.

Format: 120 x 190 mm,
60 Seiten

Tb: € 7,50 (D)

geb: € 13,50 (D)

e-Book: € 2,99 (D)

ISBN:
978-3-7323-1126-2 (Tb.)
978-3-7323-1127-9 (geb.)
978-3-7323-1128-6 (e-book)

Der Ratgeber zum Älter werden:

Wer weiß, wie wir mal werden?
Selbstentwicklung kreativ fürs Alter nutzen

Im Alter würdevoll Leben, möglichst ohne Leiden zu müssen, dass wünschen sich viele Menschen. Ist das möglich? Nach 22 Jahren Arbeit in der Altenpflege, behaupte ich: Ja!

Es ist möglich, wenn wir bereit sind, unser Leid anzunehmen. Dann können wir es wandeln. Mit Hilfe unserer Lebenserfahrung, der Kunst und verschiedener therapeutischer Ansätze können wir einen inneren Wandel vollziehen und den Abbau- und Sterbeprozess kreativ wandeln in einen Aufbau- und Integrationsprozess.

Das Buch vereint viele Beispiele aus der Praxis, der Kunst, der Dichtung und der Forschung und zeigt sieben Wege zum kreativen Altwerden auf.

Wer weiß, wie wir mal werden?

384 Seiten, mit vielen, teils farbigen Abbildungen

Tb: € 24,49 (D)

geb: € 30,80 (D)

eBook: € 2,99 (D)

ISBN:
978-3-8495-9811-2 (Tb.)
978-3-8495-9812-9 (geb.)
978-3-8495-9813-6 (e-Book)

Die Seminarbücher zu:
Sieben Wege
zu deinem kreativen Älterwerden

Zur Einführung lade ich dich ein, mit den hier beschriebenen sieben Wegen – und dem persönlicheren Du – in dir selbst die Seelenanteile zu entdecken, die dich befähigen, im Alter eine Persönlichkeit zu sein, die souverän und weise ihr Leben führt.
Einführung

Dein Lebensschiff bis ins hohe Alter souverän steuern

1. Die Bilder deiner Seele sprechen lassen

Deine Krisen bewältigen und deine Träume leben

2. Deine Biografie als Gestaltungsaufgabe

Dich neu entdecken im Verwirklichen deiner Ziele

3. Dreh Dich nicht um! Deine Blockaden lösen

Deinen eigenen Schritt im Tanz des Lebens finden

4. Auf künstlerischen Wegen
   deiner Weisheit entgegen

   *Im Wandel des Lebens
   deine eigene Form finden*

5. Empfangen der Würde
   im Alter

   *Dir Gegebenes und dir
   Gelungenes wertschätzen*

6. Mit Worten malen

   *Deinem Werden und Wandel
   eine Stimme geben*

7. Wer weiß, wie wir mal werden?

   *Die Teile deines Lebens
   zum Ganzen zusammenführen*

Nach der Einführung können die sieben Seminare zur
thematischen Vertiefung besucht werden. Zusammenge-
nommen fügen sie sich zu einer Ganzheit.

Der Autor: **Norbert Wickbold**

1973- 1984 Lehr- und Gesellen-
jahre als Elektriker,
drei Semester Physik-
Studium, UNI Bremen
1985- 1989 Diplom-Studium in
Kunsttherapie/Kunstpäda-
gogik und freie Arbeit als
Dozent für künstlerische und literarische Kurse
1994 Altenpflegeausbildung, Arbeit als Altenpfleger
2001 Fortbildung zur Gerontopsychiatrischen Fachkraft
2002 Abschlussarbeit: *Kunsttherapie im Alter*
2003 Beginn der schriftstellerischen Arbeit
2005 bis 2012 Leitung von Gedächtnistrainingskursen
2007 1. Fassung von: *Die Wiederkehr der Morgenlandfahrer*
2008 1. Denkzettel entsteht: *Das Henne-Ei-Paradoxon*
2010 Abschluss MA-Studium in Erwachsenenbildung
*Vom Sinn des Lebens, des Sterbens und der
Aufgabe des Alters* in Heft 23 der Zeitschrift:
»Psychosynthese«, Navo-Verlag, Zürich
2014 *Wer weiß, wie wir mal werden?* wird im
Tradition-Verlag, Hamburg veröffentlicht
2015 *Die Wiederkehr der Morgenlandfahrer;
Was seht ihr denn? – 42 Gedichte und Gedanken;
Denkzettel – Die ersten zehn*
2016 *Denkzettel – zweite Dekade(Staffel)*
2017 *Denkzettel – dritte Staffel*
2018 *Denkzettel – vierte Staffel*
2019 *Denkzettel – fünfte Staffel;
Geschichten aus dem Paradies;
Sieben Wege zum kreativen Älterwerden – Einleitung*

weitere Infos:

Norbert Wickbold
n.wickbold@heilkunstundfarbenpracht.info
www.heilkunstundfarbenpracht.de

Bücher erhältlich über
www.tredition.de

FSC
www.fsc.org

MIX

Papier | Fördert
gute Waldnutzung

FSC® C083411

Zeitfracht Medien GmbH
Ferdinand-Jühlke-Straße 7
99095 Erfurt, Deutschland
produktsicherheit@kolibri360.de